배우,
미친 흡입력

배우, 미친 흡입력 4
이산책 장편소설

초판 1쇄 찍은 날 § 2018년 4월 12일
초판 1쇄 펴낸 날 § 2018년 4월 19일

지은이 § 이산책
펴낸이 § 서경석

총괄팀장 § 최하나
편집책임 § 이종식
편집 § 김경민

펴낸곳 § 도서출판 청어람
등록번호 § 제387-1999-000006호
등록일자 § 1999. 5. 31
어람번호 § 제1-2882호

주소 § 경기도 부천시 부일로 483번길 40 서경B/D 3F (우) 14640
전화 § 032-656-4452 팩스 § 032-656-4453
http://www.chungeoram.com
E-mail § chungeorambook@daum.net

ISBN 979-11-04-91706-6 04810
ISBN 979-11-04-91645-8 (세트)

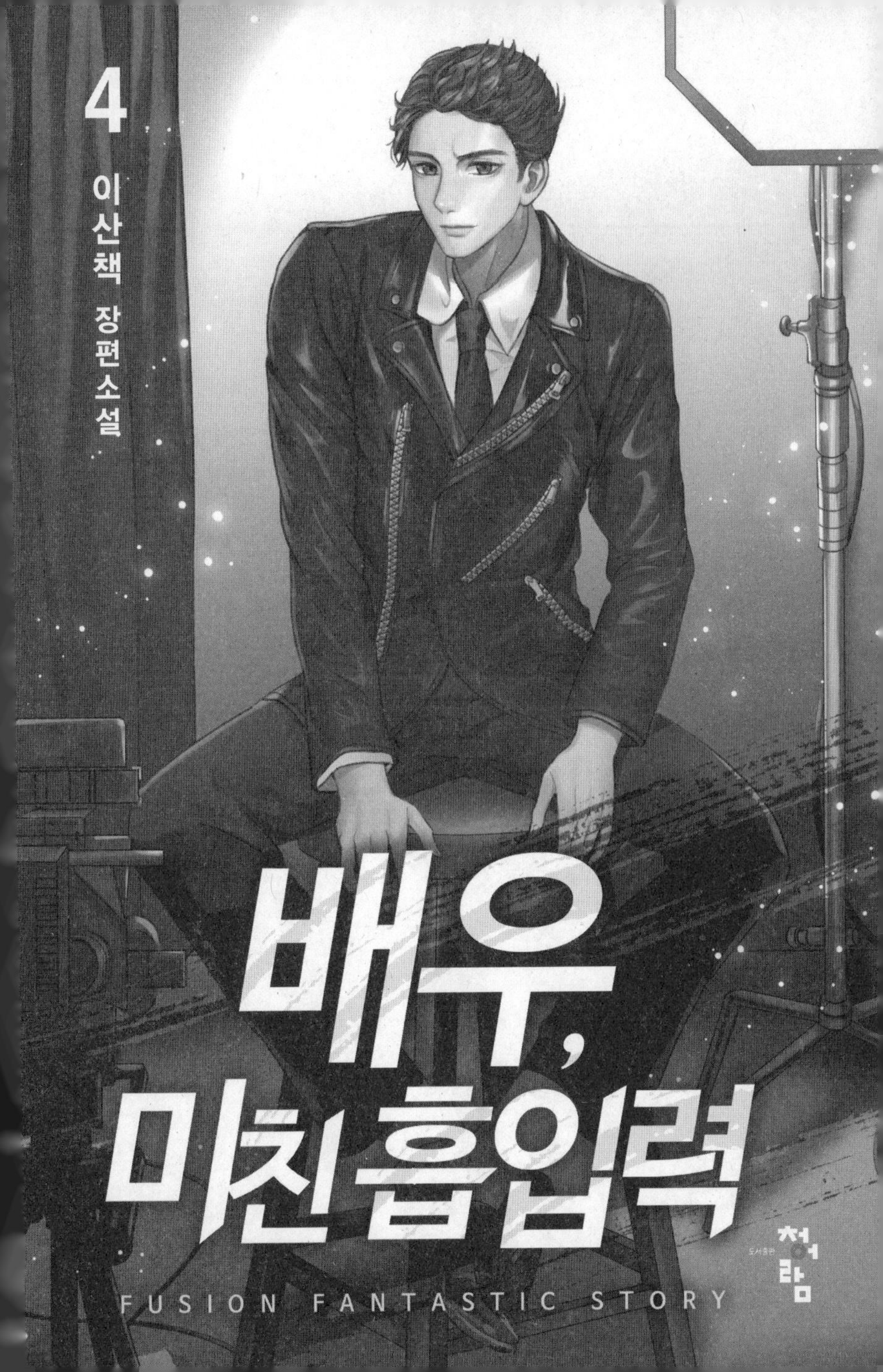
4
이산책 장편소설
배우, 미친흡입력
FUSION FANTASTIC STORY
도서출판 청어람

Contents

S#1
단백질 공급은 중요해

　인천공항을 출발한 비행기가 중국 사천성 성도에 도착했다.

　서늘한 공기를 느끼며 공항을 나온 태웅의 주변을 고서윤이 빈틈없이 지켰다.

　"내가 무슨 달라이 라마도 아니고 그렇게까지 경호할 필요는 없어."

　고서윤이 날카로운 눈빛을 빛내며 주위를 둘러보는 모습이 과해서 태웅은 한마디 했다.

　아직 다른 한류 스타들과 비교하여 볼 때 중국에서 태웅의 인지도는 거의 없었다.

　'청춘은 맛있어!'나 '우상'이 중국에 방영되거나 널리 알려지지 않았기 때문이다.

물론 이번에 '유스 곤 와일드' 중국편이 방영되면 인지도는 자연스럽게 오를 것이다.

'결심, 하다'에 떠오르는 핫 스타 메이린이 캐스팅되면서 주연인 태웅에 대한 관심도 차츰 높아지고 있었으니까.

찰칵찰칵.

여기저기에서 카메라 플래시가 터지는 것이 느껴졌다.

'뭐야? 벌써 나를 알아보는 사람이 있나?'

인지도가 거의 없다고 생각했는데, 역시 인터넷의 발달 때문인지 그에 대한 관심이 아예 없는 것은 아닌가 보다.

"수이시오빈… 이라고 하네요."

"으잉?"

"형님이 아니라 저분을 찍고 있나 봅니다."

이런, 김칫국을 마셔 버렸다.

기자들의 플래시는 태웅이 아닌 최수빈을 향해 터지고 있었다.

곳곳에서 '수이시오빈' 하며 웅성거리는 소리가 들렸다.

"뭐야? 네 보스, 아니, 저 인간이 여기서 그렇게 유명해?"

태웅의 말에 고서윤이 헛기침을 하곤 대답했다.

"최수빈 씨가 대표로 있는 사마리아인베스트먼트는 여러 사업체를 투자 및 운영하고 있습니다. 그중 하나가 중국에서 널리 알려진 배송 업체 '웅잉닷컴'이죠. 최초로 상업용 드론 운항 허가를 받아 드론을 이용한 배송 서비스를 한다고 합니다."

"하……."

"그래서 이쪽에선 나름 유명인이죠."

알고 보니 대단한 거물이었다.

한국에서는 거대 조직 칠상파와 홀로 외로이 맞서는 힘없는 투사의 느낌이었는데…….

"중국에 꽌시가 많을 테니 저분이랑 가까이하면 여러모로 좋지 않을까 합니다만."

"네 보스니까 그냥 네가 부탁해."

"무슨 말씀이신지……."

"또, 또 시치미야!"

여전히 서로 모르는 척 딴청을 피우는 두 사람 때문에 태웅은 허탈한 웃음이 났다.

뻔히 보이는데 여기까지 와서도 저러고 있으니 속이 터질 지경이다.

수이시오빈, 그러니까 최수빈을 기다리고 있던 수행원들이 그의 주위로 몰려들었다.

이렇게 되니 이쪽이 아니라 저쪽이 스타 같다.

최수빈이 이쪽을 보며 손을 흔들었다.

"그럼 스케줄 잘 소화하시고 한국에서 보도록 하지요. 전

이만 갑니다."

그의 말에 태웅은 코웃음을 쳤다.

"웃기시네. 어차피 같은 숙소 예약해 놓은 거 아닙니까?"

그 말에 그는 움찔했으나 계속 손을 흔들며 수행원들에 둘러싸여 멀어져 갔다.

'그럴 줄 알았다. 도대체 저런 거물이 왜 날 계속 따라다니는 거야?'

단순히 자기 영화에 출연해 준 것에 대한 고마움이라고 하기에는 좀 과했다.

여기는 중국.

칠상파의 위협으로부터 보호한다는 것도 그리 와닿지 않았다.

"어서 체크인 하시죠. 오늘 푹 쉬셔야 내일 촬영에 지장 없습니다."

"오케이. 가자."

미리 예약한 시내 호텔에 도착한 태웅은 체크인을 하고 짐을 풀었다.

다음 날 아침, 예정대로 노튼과 제작진이 묵고 있는 호텔 로비에서 간단한 사전 미팅이 이뤄졌다.

"어때, 태웅. 물은 좀 맞아?"

"아직까진 나쁘지 않아. 컨디션도 좋고."

피디와 노튼은 촬영 과정에 대해 태웅과 이야기를 나눴다.

"정말 위험한 상황에서는 안전 팀의 도움을 받으니까 너무 걱정할 것 없어. 우리도 다 심의 규정을 준수하는 방송이거든."

"그래요. 전문 구조 팀과 의료 팀이 대기하고 있고, 스토리보드에 따라 촬영하니까 안심해요."

나름 첫 오지 촬영인 태웅을 배려해 주려는 마음이 보였다.

"일단 지금 상황을 얘기하자면 폭우가 계속되어서 산사태가 일어났어. 마침 우리가 딱 원하던 상황이지."

으잉?

얘기만 듣고도 정신이 아찔해지는 태웅이지만 그는 주저 없이 이야기를 계속했다.

"이런 환경과 상황에서 어떻게 살아남을 것인가, 이걸 보여 주면 돼. 엄청 재밌을 거야. 그리고⋯ 기상 상황이 악화되면 내일이나 모레쯤 눈이 올 수도 있다고 하더군."

"그럴 리가?"

"워낙 기후가 변덕이 심한 곳이라서 말이야. 눈 덮인 산속에서 찍어야 할 수도 있어. 물론 걱정하지 말라고. 사실 이런 데서는 눈보다 비가 더 위험하거든."

'그게 말이 되냐?'

안심하라고 하는 말이지만 전혀 위안이 되지 않았다.

제발 눈만은 안 왔으면 하는 바람이다.

[생존 전문가 숙련도가 15%로 상승하였습니다.]

설명만 듣고도 숙련도가 오른 것을 보니 얼마나 극한 환경에 처했는지 알 것 같은 기분이다.

스토리보드를 보며 간략한 설명을 들은 후 다음 날 바로 촬영이 시작되었다.

*   *   *

"여기는 중국의 산간 지방입니다. 며칠 전부터 엄청난 폭우가 내렸는데요, 강 수위가 위험한 지경까지 높아졌습니다. 다행히 지금은 빠지고 있지만 약해진 지반 때문에 산사태가 일어났죠. 지금은 다행히 비도 그쳐가고 있네요."

노튼은 카메라를 향해 멘트를 하며 태웅을 힐끗 바라보았다.

세 사람은 육공 트럭 비슷하게 생긴 곳에 타고 있었는데, 위치에 가까워질수록 긴장감이 더해지고 있었다.

'예전에 방송 보니 이렇게 타고 가다가 달리는 차 위에서 바로 뛰어내리던데, 설마 그렇게 하진 않겠지?'

물론 스토리보드상에는 얌전하게 정차한 후 계곡으로 돌입하기로 되어 있다.

벌써부터 스산한 날씨에 그는 몸을 떨었다.

"그런데 저 매니저분, 정말 괜찮겠어요?"

옆에 탄 고서윤이 고개를 끄덕였다.

"문제없습니다."

고서윤은 매니저로서 태웅을 옆에서 챙겨야 한다고 줄곧 고집을 부렸다.

그래서 특별히 피디에게 허락을 얻어 촬영 팀에 동행하게 되었다.

물론 그가 특전사 출신이란 사실을 밝히지 않았다면 그런 특혜는 없었을 것이다.

마침내 목적지에 이르자 일행은 트럭에서 내렸다.

노튼과 태웅, 그리고 촬영 팀은 현장의 상황을 보고 걱정이 더욱 커졌다.

자신을 찍고 있는 카메라를 보며 노튼이 멘트를 하기 시작했다.

"그런데 이거 시작부터 문제네요. 아직도 강이 너무 불어나 있어요. 강물이 3.5미터 정도 불어나 있어서 조심해야 할 것 같아요."

비는 부슬부슬 떨어지는 정도였지만 강물이 줄지 않아 골치 아픈 상황이었다.

"건넙시다. 강을 건너야 정글 안으로 들어갈 수 있어요."

폭이 꽤 되는데?

노튼의 거침없는 무대뽀 지휘에 태웅은 벙쪘지만, 이내 그가 자신을 돌아보며 전우애 가득한 미소를 짓자 얼떨결에 따라 웃고 말았다.

"여기 있는 태웅은 스턴트맨 출신이죠. 오늘 그의 신체 능력을 제대로 볼 수 있겠네요. 하하하!"

'웃음이 나오냐?'

태웅은 자신의 손목에 매단 캠을 바라보았다.

시즌2는 조금 독특하게 또 다른 주인공인 태웅의 시점도 촬영한 후 내레이션까지 입혀서 방송하기로 기본 방침을 정했다.

피디 말로는 생존 전문가인 노튼의 시점에 파트너이자 시청자를 대변하는 입장인 태웅의 시점까지 가미함으로써 좀 더 방송을 풍성하게 만들기 위한 의도라고 했다.

'그래, 분명 피디가 혼잣말을 마음껏 하라 그랬겠다?'

태웅은 그냥 속 시원하게 방송하기로 마음먹었다.

어차피 노튼의 걸음을 따라잡으려면 가랑이가 찢어질 지경이다.

"저걸 어떻게 건너? 물살도 꽤나 빠른데."

투덜거리면서도 그는 노튼의 뒤를 따라 걸어갔다.

노튼이 앞장서서 강물로 뛰어들고 태웅 역시 '에라, 모르겠다' 하는 심정으로 다이빙을 했다.

'으악, 추워!'

11월의 날씨에 강물로 뛰어들고 보니 장난이 아니었다.

노튼 역시 벌벌 떨고 있는 것으로 보아 생존 전문가라고 해서 추위를 안 타는 것은 아니었다.

"어푸어푸!"

간신히 건너고 나니 두 사람은 완전히 물에 빠진 생쥐 꼴이 되었다.

"이제 오한을 조심해야 합니다. 이런 날씨에 젖은 몸은 금세 얼어붙거든요."

"이거 진짜 장난 아니다. 으아!"

태웅은 옷을 벗어서 힘껏 물기를 짠 후 다시 입었다.

그래도 춥기는 매한가지였다.

앞쪽을 본 그는 제작진이 건너온 것을 보곤 어리둥절했다.

"어라? 저 사람들은 어떻게 건넜지?"

알고 보니 제작진은 강 상류의 여울목으로 건너온 것 같았다.

'저쪽에 여울목이 있구먼 왜 강에 뛰어들어 헤엄을 쳐?'

태웅은 속으로 천불이 끓었다.

하긴, 이 프로그램은 사서 고생하는 프로그램이다.

편안하게 가는 그림을 보여주려 했다면 애당초 시작하지도 않았겠지.

'그래, 가보자. 죽이 되든 밥이 되든.'

　비가 완전히 멎으면서 시야가 확보되어서인지 생각보다 위험한 상황은 아니었다.

　태웅은 종횡무진 수풀 사이를 뚫고 계곡을 건넜다.

　아직 오지에서의 경험이 많지 않아 힘들었지만 시간이 지나면서 점점 적응해 나갔다.

　나중에는 노튼을 앞서서 가기도 했다.

　"오우, 역시 스턴트맨 출신이네요. 원시인이 아닐까 싶을 정도로 타고난 생존 본능을 발휘하고 있는 내 친구 태웅입니다."

　'저걸 확!'

　아슬아슬한 상황에서도 유쾌하게 방송을 진행하는 노튼을 보며 태웅은 혀를 내둘렀다.

　다행히 그는 '미친 지구력' 덕택에 거의 지치지 않았고, 탁월한 운동신경 덕택에 위기의 순간도 이겨냈다.

　폭이 수 미터가 되는 강을 건널 때 떠내려 오는 거목에 맞을 뻔한 카메라맨을 구하기도 했다.

　"이런 망할! 힘들어 죽겠네!"

　거침없이 손목 캠을 향해 소리치면서도 그는 번뜩이는 재치를 발휘해 노튼의 노하우를 습득했다.

　'그래도 다행이다. 그 짓은 안 하려나 보군.'

원래 그의 방송에서는 회마다 꼭 보는 사람을 토 쏠리게 하는 먹방이 나온다.

지렁이, 애벌레, 쥐, 짐승의 배설물 등이다.

하지만 이날은 태웅을 배려해서인지 다행히 그런 부분이 없었다.

"그러고 보니 배가 고프네. 오늘 단백질 공급을 안 했잖아?"

이런 젠장, 배려가 아니었나 보다.

"마침 강이 있으니 물고기를 잡아보자고. 야생에서 물고기를 잡아서 영양을 보충하는 법을 배워야 해."

물고기라는 말을 듣는 순간 태웅의 머릿속이 빠르게 회전했다.

'그나마 먹을 만하겠다. 잘만 하면……'

'청춘은 맛있어!' 촬영 때 일식집에서 일하며 습득한 능력을 발휘할 때가 온 것 같았다.

노튼이 강 근처를 뒤져서 적당한 길이의 나뭇가지와 물고기 시체를 구해왔다.

물고기 뼈 중 날카로운 부분을 나뭇가지에 박으니 작은 낫 같은 모양이 되었다.

그는 강 근처 흙바닥을 뒤져서 지렁이를 잡은 후 끝에 매달아 미끼를 만들었다.

그러고는 강의 제법 깊은 곳까지 들어가 한참 동안 낚시를 시도했다.

'저렇게 해서 잡히나?'

잠시 후, 그가 뭔가를 힘차게 낚아 올리며 외쳤다.

놀랍게도 나뭇가지 끝에 물고기가 대롱대롱 매달려 있다.

"활어네요! 역시나 좋은 단백질 공급원……."

"내가 회를 칠게! 제발 그냥 먹지 마!"

노튼의 휴대용 칼로 태웅은 능숙하게 활어를 회 쳤다.

노튼은 연신 감탄하며 태웅에게 엄지손가락을 내밀었다.

"역시 멋진 친구예요. 이 정도면 유스 곤 와일드를 물려줘도 되겠어요. 하하하!"

'누가 물려받는다고……'

[생존 전문가 숙련도가 25%로 상승했습니다.]

단 하루 만에 숙련도가 15% 가까이 올랐다.

다른 것과 비교할 바가 안 되는 상승 속도였다.

배를 채운 후 두 사람은 다시 조심스럽게 산길을 헤쳐 나갔다.

산사태가 난 산 곳곳에 비탈이 무너져 있어서 함정이나 다름없는 위험한 지대였다.

갑자기 떨어지는 바위들을 조심하면서 두 사람과 스태프는 마침내 산간 지역 탈출에 성공했다.

촬영 시간은 총 13시간이었다.

*   *   *

첫 촬영을 성공리에 마무리한 유스 곤 와일드 팀은 기쁨의 하이 파이브를 나눴다.

노튼은 태웅을 치하하며 맥주 캔 하나를 따서 건넸다.

"멋진 신고식이었어! 한 잔 죽 들이켜라고!"

태웅이 맥주 캔을 원샷하자 스태프들의 환호성이 들렸다.

"오늘은 첫 회라 소프트하게 갔으니 다음부터는 빡세게 돌아보자."

노튼의 말에 태웅은 올랐던 흥이 한순간에 가라앉는 것을 느꼈다.

'이게 소프트하다고?'

사실 노튼과 유스 곤 와일드 팀에게 있어 오늘 촬영의 난이도는 상중하로 따지면 하 수준이었다.

용암이 들끓는 화산 지대, 히말라야 산맥과 북극, 남극, 아마존 정글, 사하라 사막 등 온갖 험지를 다닌 그들에게 오늘 산사태가 난 산간 지방 정도는 껌이었을 것이다.

'몇 번만 찍으면 생존 전문가 100퍼센트 습득은 금방이겠네.'

이 와중에 태웅은 긍정적으로 생각하기 위해 애썼다.

확실히 노튼에게선 생존에 관해 배울 지식이 많았다.

"그런데 자넨 어떻게 그렇게 안 지치는 거야? 평소에 무슨 약이라도 먹나?"

노튼이 불가사의하다는 듯 물었다.

확실히 태웅은 아직 경험이 부족하긴 했으나, 체력 하나만큼은 타의 추종을 불허했다.

"약은 무슨… 타고난 체질이야."

"믿을 수 없군. 그 정도면 마라토너를 해도 되겠어. 하지만 생존이란 게 체력만으로 되는 건 아니니까 너무 방심하면 안 돼, 친구. 하하하!"

그 말대로 생존에는 노하우가 중요했다.

태웅은 유스 곤 와일드 시즌1에서 본 노튼의 순발력을 떠올렸다.

자칫하면 크게 다치거나 죽을 수도 있는 상황에서 그는 자신만의 창의적인 방법으로 위기를 극복했다.

'잘 배워보자. 나중에 큰 도움이 될 거야.'

그날 밤 성대한 뒤풀이가 벌어졌다.

태웅과 노튼은 어느새 끈끈한 우정을 나눈 친구가 되었다.

*　　　　*　　　　*

촬영 종료 후 태웅은 고서윤과 사천성에 며칠 더 머물렀다.

볼거리도 많고 음식도 맛있어서 둘은 시간 가는 줄 몰랐다.

"이 근처에 도강언이라는 곳이 있는데 참 좋다고 합니다. 거기 가보시는 건 어떨까요?"

"거기 나도 들어봤어. 좋지."

고서윤이 추천한 관광 명소에 들른 태웅은 고된 촬영 후의 선물 같은 휴식을 만끽했다.

"최수빈 씨는 많이 바쁜가 보네."

슬쩍 떡밥을 던졌지만 이 빈틈없는 매니저는 태연하게 대답했다.

"저명한 사업가다 보니 많이 바쁘겠죠. 형님만큼 고되진 않겠지만요."

"촬영 빼고는 힘든 것도 없는데, 뭘."

거리 곳곳에 메이린이 대문짝만 하게 나온 '팔대문파'의 영화 포스터가 붙어 있었다.

아직까지도 인기리에 상영되고 있는 것 같았다.

중국은 워낙 땅덩어리가 넓어서인지 어딜 가도 탁 트인 경치와 시원한 대로가 펼쳐져 있었다.

'그러고 보니 티베트에도 한번 가봐야 하는데……'

문득 전생 때 티베트에서 촬영한 영화가 떠올랐다.

티베트의 영적인 지도자 달라이 라마의 젊은 시절을 다룬 영화 '헤븐 포 에브리원'에 출연한 적이 있다.

당시 그는 중국계 미국인 기자 역할로 티베트에 취재 와서 달라이 라마와 갈등을 겪으면서도 깊은 우정을 나누게 된다.

이때 영화 감수차 인도에서 머물고 있는 실제 달라이 라마도 만났고, 그와 영적인 교감을 나누며 친분을 쌓았다.

'라마, 잘 있는 거지?'

불경을 외우며 그와 선문답을 나누고 마음의 안정을 찾았다.

옛 추억을 떠올리고 있는데 갑자기 어디선가 시끄러운 소리가 들렸다.

"파쇼우! 파쇼우!"

소리가 난 곳으로 시선을 돌리니 웬 남자 하나가 쏜살같은 속도로 달리고 있고, 다른 사람과 공안 두 명이 그를 뒤쫓고 있었다.

하지만 도망치는 남자가 워낙 빨라서인지 어째 거리가 점점 벌어지고 있었다.

"소매치기라네요. 이런 관광 명소에서는 흔한 일이죠."

"소매치기?"

벌건 대낮에도 소매치기는 기승을 부린다.

지나가는 사람들은 무슨 구경거리라도 난 듯 추격전을 지켜보고 있었다.

"으잉? 이쪽으로 오잖아?"

소매치기가 태웅이 있는 쪽으로 방향을 틀어 달려오고 있었다.

대부분 강 건너 불구경하듯 지켜보고 있었지만 태웅은 마침 잘됐다 싶었다.

"잡았다, 요놈!"

그는 단번에 소매치기에게 달려가 뒷목을 잡았다.

의외로 너무나 쉽게 잡혀 버린 소매치기가 허공에 대롱대롱 매달렸다.

'후후, 타국에서 막간을 이용해 소매치기 정도는 우습게 잡는 나.'

기념으로 셀카라도 찍어 SNS에 올릴까 생각하고 있는데 갑자기 왁자지껄한 소리가 들려왔다.

"뭐야?"

"아무래도 실수한 것 같네요."

고서윤이 소리가 들려오는 쪽을 가리켰다.

이런, 방송 카메라다.

"와룽TV 런닝프렌즈라고 적혀 있네요."

'런닝프렌즈'라면 익숙한 이름이다.

국내 유명 예능 프로그램을 벤치마킹하여 중국판으로 리메이크, 공전의 히트를 쳤다.

기록적인 시청률로 중국의 인기 스타들이 출연한다고 명성이 높았다.

목에 스카프를 두른 비만의 남자가 태웅에게 뭐라고 마구 소리쳤다.

아마 스태프인 모양이다.

"저 사람이 피디인가 봐요. 왜 촬영을 방해하느냐고 하는데요?"

충분히 오해할 만한 상황이었건만…….

"상황극인 모양입니다. 저 소매치기하고 뒤쫓는 사람, 그리고 공안 전부 방송인이라는군요."

영화나 드라마 촬영이었으면 진작 눈치챘을 테지만, 이렇게 리얼 버라이어티 예능 프로그램의 경우는 실제와 분간하기가 쉽지 않다.

어쨌든 촬영을 방해한 건 맞으니 태웅은 미안하다는 제스처를 취했다.

"관광객이라 잘 모릅니다. 한국에서 왔어요. 아임 프롬 코리안."

태웅은 중국어를 몰랐기에 대충 영어와 한국어를 섞어서 말했다.

"코리안?"

피디가 의외라는 듯 목소리를 높였다.

그러고는 능숙한 영어로 얘기하기 시작했다.

"당신, 한국인입니까?"

"네, 전 한국에서 온 김태웅이라고 합니다."

"김태웅… 김태웅?"

그는 고개를 갸웃하다가 갑자기 뭔가 생각난 듯 눈이 커졌다.

"설마… 직업이 어떻게 되시죠?"

"배웁니다."

"배우? 당신 혹시 메이린 영화에 출연하는 그 김태웅입니까?"

'메이린 영화에 출연하는 게 아니라 메이린이 내 영화에 출연하는 건데…….'

태웅은 일단 고개를 끄덕였다.

"맞습니다. 메이린 씨는 제가 주연을 맡은 '결심, 하다'라는 영화에 출연합니다."

그 말에 피디는 손뼉을 치며 껄껄 웃었다.

"어쩐지 어디서 많이 봤다 했어요! 내가 메이린 광팬이라서 새 영화 제작 발표회도 챙겨 봤거든요. 하하하하하!"

일이 점점 커진다는 생각에 태웅은 난감했다.

자리를 뜰까 생각하고 있는데 갑자기 피디가 진지한 얼굴로 제안을 해왔다.

"어때요? 우리 방송 특별 출연하는 게?"

"네?"

"뭐 대단한 걸 하자는 건 아니고, 그냥 인터뷰 한 번 하고 게임 하나 정도. 출연료 빵빵하게 지급해 줄게요. 좋은 게 좋은 거 아니겠어요?"

현장에서 만난 걸로 이렇게 촬영을 잡아버리다니, 이래도 되는 건가?

"나쁘지 않은 것 같습니다. 이렇게 중국 내에서 인지도를 쌓으면 앞으로도 나쁠 건 없을 테니까요."

고서윤이 그답지 않게 출연을 적극 권했다.

"좋습니다. 대신 너무 오래 촬영은 못 합니다. 전 엄연히 휴식 중이거든요."

"오케이. 그것만으로도 아주 좋아요. 자자, 우선 인터뷰부터."

태웅은 즉석에서 '런닝프렌즈' 촬영에 들어갔다

우선 아까 태웅이 소매치기 역할의 남자 출연자를 잡은 장면이 그대로 나가고, 이후 자연스럽게 이어지며 우연히 촬영장에서 서로 만난 것이라는 극적인 신을 연출했다.

"이분은 한국에서 온 배우 김태웅 씨입니다. 김태웅 씨는 요즘 뜨고 있는 대륙의 국민 여동생 메이린 양과 차기작에 함께 출연한다고 하는데요, 놀랍게도 우. 연. 히. 이곳 도강언에서 만나게 되었네요. 중국에는 촬영차 왔다가 잠시 휴식을 취하고 계신 중이라고 합니다."

"무슨 촬영인가요?"

"놀라지들 마세요. 바로 노튼 베어울프의 '유스 곤 와일드' 시즌2 촬영이라고 해요."

"오오!"

MC 챠오의 말에 출연자들이 웅성거렸다.

"거기서 노튼의 '오늘 내 점심'으로 출연하신 건가요?"

"하하하하!"

고서윤의 즉석 통역으로 이들의 대화를 듣고 있던 태웅이 실소했다.

'저딴 걸 개그라고······.'

말이 안 통한다고 사람 눈앞에 두고 바보 만드는 꼴이 영 마음에 들지 않았다.

'런닝프렌즈' 고정 패널인 중국 연예인들이 태웅에게 호기심 가득한 시선을 던졌다.

대부분 유명 MC, 코미디언, 방송인, 가수 등이었다.

그중 유독 태웅을 못마땅한 눈으로 노려보는 한 사내가 있었다.

"누구지?"

그의 시선을 느낀 태웅이 고서윤에게 물었다.

"위순양이라는 배우입니다. 중국 격투기 대회에도 출전한 경험이 있다고 하는 사람인데 런닝프렌즈에서는 힘자랑하는 역할이라고 하네요."

힘자랑이라······.

역시 어딜 가나 이런 캐릭터가 있는 것 같다.

그뿐 아니라 다른 패널들 또한 태웅을 보는 시선이 마냥 곱지는 않았다.

'그러고 보니 정치적 관계로 중국이랑 요즘 사이가 안 좋구나.'

정치적, 군사적으로 긴장이 고조되는 시점에 중국과 한국의 관계가 악화되면서 한류의 붐도 약해지고 있었다.

중국 대중들 역시 한국에 대한 안 좋은 감정을 터뜨리고 있는 중이었다.

촬영 준비를 위해 '런닝프렌즈'의 스태프들이 다가와 태웅에게 마이크를 달아주고 옷매무새를 만져주었다.

'왠지 몸조심해야 할 것 같은데?'

위순양은 덩치가 상당해서 마치 곰과 같은 위압감을 자랑했다.

'예능 프로그램에서 저런 캐릭터면 비호감이지 않나?'

"방송에서는 센 척하다가 망가지는 캐릭터로 시청자들의 사랑을 받고 있다고 합니다만, 실제로는 다를 수도 있겠네요."

핸드폰으로 빠르게 검색을 마친 고서윤이 귀띔했다.

"그리고 저기 저 호리호리하고 머리숱 없는 사람은 리위한이라고 쿵푸 영화에 주로 출연하는 액션 배우랍니다. 실제로 소림사에서도 무술을 배웠고 실력도 상당하다네요."

어째 예감이 좋지 않았다.

"좋아요. 그럼 특별 게스트 김태웅과 게임 한판 합시다. 종목은 오늘의 명찰왕!"

피디의 귀띔대로 한국의 그것과 똑같은 방식이었다.

평소 즐겨보는 프로그램은 아니지만 대략 방법은 알고 있었다.

"게임 규칙은 간단해요. 공격과 수비를 나눠서 상대 팀 선수의 가슴과 등에 달고 있는 명찰과 이름표를 떼면 됩니다. 3분 후엔 공수가 교대되니까 배분을 잘해야 해요. 끝난 후 채점해서 승자 팀을 결정합니다."

말이 게임이지 신체 능력 테스트나 다름없었다.

게다가 저런 방식이면 힘과 힘의 충돌을 피할 수 없을 것이다.

'후딱 끝내고 가야겠다.'

청팀과 홍팀으로 나눠서 도강언을 무대로 벌이는 필드전이었다.

태웅은 리위한과 함께 홍팀이 되었고, 덩치 좋은 위순양이라는 남자는 청팀에 배치되었다.

4 대 4의 대결로 팀당 여자 패널도 한 명씩 섞여 있어 나름 밸런스는 좋았다.

"시작!"

게임 시작과 동시에 선공하는 청팀에서 달려들었다.

수비 쪽인 홍팀은 모래알처럼 흩어지며 청팀의 접근을 피하거나 누군가는 육탄전을 벌였다.

수많은 일반인과 관광객들이 촬영을 구경하고 있었지만, 아랑곳하지 않고 그들 사이를 헤집고 돌아다니며 전쟁과도 같은 명찰 떼기 싸움이 벌어졌다.

'뭐야, 저 자식?'

청팀의 위순양이 자신을 향해 다가오는 것을 보고 태웅은 황당했다.

원래는 리위한과 호적수로 매번 맞붙는다고 하는데 오늘은 다짜고짜 태웅을 제압하러 오고 있었다.

표정은 익살맞았지만 눈빛에는 살기가 담겨 있는 것으로 보아 결코 호의적인 태도는 아니었다.

'이걸 상대해, 말아?'

한편, 그리 멀지 않은 곳에서 선글라스를 낀 채 촬영을 구경하고 있던 최수빈은 흥미로운 듯 눈을 빛냈다.

'김태웅… 판은 깔아줬다. 이제 얼마나 하는지 볼까?'

*   *   *

성큼성큼 다가오는 위순양의 모습이 위협적이었다.

하지만 태웅은 조금도 겁을 집어먹지 않았다.

다만 귀찮을 따름이다.

"하압!"

고함까지 지르며 달려오는 위순양을 보고 리위한이 뭐라고 소리쳤다.

조심하라는 말인 것 같았다.

'너나 잘해, 인마.'

태웅은 씨익 웃곤 황소를 희롱하는 투우사처럼 위순양의

돌진을 피했다.

연달아 태클까지 시도하는 걸 보니 UFC 경기로 착각한 듯하다.

계속 근거리에서 피할 수도 있었지만, 태웅은 아예 그의 바닥을 보이게 하고 싶었다.

일부러 멀리 돌아 달아나니 그가 콧김을 뿜으며 계속 달려왔다.

"대단합니다! 김태웅과 위순양이 명찰왕 자리를 두고 치열한 명승부를 벌이고 있어요! 뛰는 순양 위에 나는 태웅!"

진행자가 고래고래 소리를 지르며 분위기를 고조시켰다.

지켜보던 사람들 역시 두 사람의 추격전을 흥미롭게 지켜보았다.

2분이 지난 후 위순양은 지칠 대로 지쳐서 거칠게 숨을 몰아쉬었다.

하지만 태웅은 제자리에 서 있기라도 한 것처럼 아무렇지도 않았다.

*   *   *

'저 자식, 무슨 체력이…….'

위순양은 속이 부글부글 끓어올랐다.

평소 한국에 대해 썩 좋지 않은 감정을 가지고 있는 데다 좋아하는 배우 메이린의 영화에 함께 출연하는 배우라고 하니 은근히 호기가 샘솟았다.

그래서 예능을 빙자하여 힘으로 망신을 줄까 생각했는데 도리어 자신이 지치고 말았다.

'아냐. 무슨 기계도 아니고 지금쯤 녀석도 지쳤을 거야. 그러니까 멈춰 선 것 아니겠어?'

남은 시간은 1분.

명찰왕 게임에서는 늘 최고의 득점을 기록한 자신인 만큼 가까운 거리에서 힘으로 상대하면 저런 말라깽이 정도는 단번에 처리할 자신이 있었다.

하지만 그의 생각은 곧 오산임이 드러났다.

"이런 다람쥐 같은 자식!"

씩씩거리던 위순양은 이를 악물며 스태프가 들고 있는 타이머를 보았다.

공수 교대까지 고작 15초 남아 있음에도 그는 태웅의 옷깃도 스치지 못했다.

체력이 빠진 위순양을 상대로 태웅은 요리조리 피하며 간혹 그의 머리와 뒤통수를 툭툭 건드리기도 했다.

그때마다 구경하던 사람들 사이에선 웃음이 터졌고, 위순양의 얼굴이 붉게 달아올랐다.

삐익!

"공수 교대! 이제 1분간 휴식 후 홍팀이 청팀의 명찰을 떼야

합니다! 역시 제한 시간은 3분!"

진행자가 외쳤다.

리위한이 묘한 표정으로 태웅에게 다가와 뭐라고 말했다.

고서윤이 귀신같이 다가와 통역을 했다.

"형님 솜씨가 대단하다고 하는군요. 나중에 움직임을 한 수 배우고 싶다고 합니다."

"참나, 여기가 무슨 소림사야? 왜 죄다 예능에서 이러고 있는 거야?"

태웅은 어처구니가 없었다.

무슨 연기나 노래를 배운다는 것도 아니고 움직임을 배워?

무술의 나라라 이건가?

'그래, 이 자식아. 가르쳐 줄게.'

태웅은 리위한에게 무협 영화에 나오는 식으로 장난스럽게 포권을 해 보였다.

그 역시 마주 포권을 하며 웃었다.

"자, 이제 시작하니까 준비하세요."

PD가 다가와 태웅에게 한쪽 눈을 찡긋하며 말했다.

이번 2라운드는 홍팀이 청팀의 명찰을 떼는 차례.

1라운드에서 청팀은 전체 여덟 개의 명찰 중 네 개의 명찰을 떼는 데 성공했다.

"후딱 끝내시죠. 저 위순양이라는 사람, 너무 거칠어서 문제 생길 것 같으니까요."

고서윤의 말에 태웅이 고개를 끄덕였다.

"그럴 생각이긴 한데, 그래도 예능이니까 좀 더 재미있게 할까 생각 중이야."

"어떻게요?"

"올 클리어라고나 할까?"

기왕 이렇게 국민 예능 프로그램에 나오게 된 거, 강렬한 인상을 줘서 중국 대륙에 김태웅이라는 이름 석 자를 알리고야 말겠다고 그는 생각했다.

호루라기 소리와 함께 2라운드가 시작되었다.

대부분 1라운드 내내 시달린 태웅이 위순양을 집중 공격할 거라고 예상했다.

하지만 그들의 예상은 금세 빗나갔다.

날렵한 움직임으로 청팀의 코미디언 차오슈를 향해 달려간 태웅은 슬쩍 잽을 내뻗어 그의 가슴팍에 있는 명찰을 떼어냈다.

"하아?"

너무나 허탈하게 명찰을 뺏긴 차오슈가 등에 붙은 것만큼은 뺏기지 않겠다는 듯 뒷걸음질 쳤다.

하지만 태웅은 그를 놔두고 이내 물 흐르듯 다음 상대인 여자 패널에게 다가가 등에 붙은 명찰을 향해 손을 뻗었다.

"꺄아악!"

그녀가 깜짝 놀라 몸을 피하다 균형을 잃고 휘청거렸다.

태웅은 바닥에 쓰러질 뻔한 그녀의 허리를 손으로 받아 지탱했다.

　그녀의 얼굴이 빨개졌고, 고전 영화 멜로 신에서나 나올 법한 멋진 광경에 사람들이 환호성을 내질렀다.

　"하지만 명찰은 가져갈 거야."

　여자 패널을 일으켜 세워주면서 등에 붙은 명찰까지 뗀 그는 리위한에게서 도망가고 있는 키 큰 남자 패널에게 시선을 돌렸다.

　발이 빠르기로 유명한 그를 리위한이 못 잡고 있는 사이, 태웅은 벌써 빠른 주력으로 그를 순식간에 앞질렀다.

　"뭐, 뭐야?"

　남자 패널이 눈앞에 나타난 태웅을 보고 놀라 버둥거렸다.

　그 틈을 타 태웅은 번개같이 손을 뻗어 세 번째 명찰을 땄다.

　'하나씩 뗐으니 나머지는 알아서들 하시고……'

　한 사람당 두 개씩 명찰을 가지고 있으므로 다 떼어버리면 남은 사람들이 뽑을 분량이 없기에 그는 일부러 하나씩 남겨두었다.

　어차피 4점을 따면 이기니 굳이 혼자 점수를 다 따버릴 필요는 없었다.

　'그럼 이제 메인 요리를 시식해 볼까?'

　위순양은 이제야 자신에게 다가오는 태웅을 보고는 대놓고 히죽 웃었다.

'차라리 잘됐다. 아까야 네가 도망가는 입장이었지만 이젠 나를 잡아야 하는 입장이잖아?'

그는 도망갈 생각이 없었다.

아까 요리조리 자신을 피한 태웅을 잡아 요절낼 생각으로 가득했다.

수비하는 쪽도 공격이 불가능한 것은 아니니 이참에 아예 혼쭐을 낼 생각이다.

"어라?"

당연히 자신의 명찰로 손을 뻗을 줄 알았던 태웅이 도리어 정면으로 다가와 양손으로 그의 바지를 샅바 잡듯 휘어잡았다.

그 모습에 사람들의 입에서 탄성이 터졌고, 피디는 히죽거리며 카메라맨에게 둘을 제대로 찍으라고 다그쳤다.

'아이고, 예쁜 것들. 방송 분량 제대로 뽑아주는구나.'

그가 알기로 저 자세는 한국의 레슬링과 비슷한 전통 스포츠였다.

아까의 공방전이 스피드 위주였다면 지금은 그야말로 힘 대 힘의 대결.

힘이라면 중국 연예계에서 다섯 손가락 안에 꼽힐 정도인 위순양이니 자칫하면 태웅이 우스운 꼴을 당할 수도 있었다.

'일단 한번 뒹굴게 해볼까?'

상대의 바지춤을 마주 잡고 가볍게 들어 올리려던 위순양은 순간 당황했다.

태웅이 꿈쩍도 하지 않았기 때문이다.

'무슨 거목도 아니고… 왜 이렇게 안 움직여?'

그는 있는 힘껏 밀어붙였으나 태웅은 그때마다 절묘하게 무게중심을 옮기며 버텼다.

악이 올라 재차 힘을 주던 그는 순간 자신의 몸이 허공에 붕 뜨는 것을 느꼈다.

태웅이 밭다리를 걸어 그를 넘어뜨린 것이다.

쿠웅!

"으헉!"

둔탁한 충격을 느끼며 넘어진 위순양의 등에 손을 뻗은 태웅이 그의 명찰을 떼었다.

삐익!

"4점 획득! 홍팀 승리!"

손쉽게 끝나 버린 명찰왕 게임에 홍팀 패널들은 어리둥절하면서도 즐거워했다.

명찰왕 게임에서는 매주 위순양의 상대 팀이 져왔기 때문이다.

그런데 이번에는 태웅의 활약으로 굴욕적인 패배를 안겨줬기에 그들은 그동안 쌓인 체증이 시원하게 내려가는 것을 느꼈다.

리위한이 연신 엄지손가락을 세우더니 태웅에게 또다시 정중하게 포권했다.

"쏴이! 따꺼!"

'으잉?'

태웅은 마주 포권을 하면서도 그가 하는 말이 궁금했다.

"멋지답니다. 형님으로 모시겠다고 하네요."

고서윤의 통역에 그는 어이가 없었다.

"나보다 훨씬 늙어 보이는구먼 웬 형님이야?"

'아무래도 중국어를 배워야겠다. 조만간 한류 스타가 될 수도 있으니까.'

위순양은 그동안 힘자랑을 한 세월이 창피한지 고개를 푹 숙이고 의기소침해 있었다.

어지간히 민망한 기색이라 주변 사람들이 더 불편했다.

"어깨를 활짝 펴, 친구! 좋은 승부였어!"

태웅이 다가가 도리어 그를 위로했다.

지켜보던 사람은 물론이고 위순양마저도 너무 뜻밖이라서 놀랐다.

당일 게스트로 참가한 태웅을 다소 무례할 정도로 몰아붙였다.

그런데 압도적인 힘으로 자신을 쓰러뜨린 것도 모자라 도리어 지금은 먼저 손을 내밀고 위로해 주기까지 한다.

태웅의 넓은 도량과 남자다움에 감복한 그는 자신도 모르게 눈물이 왈칵 솟아오르는 것을 느꼈다.

'뭐, 뭐야? 얘 왜 이래?'

위순양의 뺨을 타고 흐르는 뜨거운 눈물을 본 태웅은 황당하기 그지없었다.

"형님의 남자다움에 승복한 모양입니다. 받아주시죠."

고서윤이 기계 같은 말투로 현재의 상황을 알려주었다.

위순양이 정중하게 포권을 한 후 자신을 포옹해 오자 태웅은 숨이 막혔다.

"야! 이것 좀 놓고… 캑캑."

졸지에 훈훈한 남자의 땀 내음을 느끼며 태웅은 머리가 아파왔다.

그 광경을 흐뭇하게 바라보던 진행자가 좌중을 향해 외쳤다.

"오늘 촬영에 협조해 주신 한국 배우 김태웅 씨였습니다! 다들 뜨거운 박수 부탁합니다!"

곳곳에서 환호성과 박수가 터져 나왔다.

휴양하러 왔다가 졸지에 주목의 대상이 되어버린 태웅은 사람들을 향해 손을 흔들며 환호에 답했다.

"제 차기작 '결심, 하다'는 중국에서도 개봉할 예정입니다! 많은 관심과 사랑 부탁드립니다!"

태웅의 말에 사람들은 저마다 핸드폰을 들어 그의 차기작에 대한 정보를 검색하기 시작했다.

그날 하루 동안 '런닝프렌즈'의 사천성 촬영이 화제가 되면서 SNS에 태웅의 활약이 담긴 동영상이 퍼져 나갔다.

결국 중국 최고의 포털 사이트에 '김태웅', '김태웅 대 위순양', '김태웅 런닝프렌즈', '김태웅 차기작' 등의 실시간 검색어가 상위권을 장식하면서 그는 일약 유명 인사로 발돋움했다.

*   *   *

"중국에서 한 건 했다며? 아무래도 태웅 씨를 우리 영화 마케팅 팀장으로 채용해야겠는데? 하하하하!"

중국에서 화제가 되고 있는 태웅에 대한 기사를 검색해 본 배준화 감독이 호탕한 웃음을 터뜨렸다.

런닝프렌즈의 태웅 촬영분은 방송이 나간 후 중국 내에서 큰 화제가 되었다고 했다.

무엇보다 연예계에서 힘자랑하는 캐릭터로 은근히 비호감의 대상이던 위순양을 무릎 꿇게 한 사실에 대해 통쾌해하는 사람들이 많았다.

―그 흑곰 같은 위순양 새끼 처발리는 거 보니까 아주 속이 다 시원하더라!

―한국 배우 중에도 괜찮은 사람이 있나 봐. 솔직히 그렇게 관광하던 사람 잡아놓고 막무가내로 덤비는 거 예의가 아니지

않냐? 그런데도 얼굴색 하나 안 변하던데?

─난 오늘부로 김태웅 팬 하기로 함. 잘생기고 대범하고 힘도 셈.

─그래도 메이린은 못 줘. 한국인 꺼져라.

─뭐래냐. 김태웅이랑 메이린이랑 뭔 상관?

중국 네티즌들 사이에서도 태웅에 대한 호감도와 관심이 치솟으면서 대륙에서 그의 지명도가 급격히 올라가고 있었다.

하지만 이 사실에 별로 관심이 없는 태웅은 다음 작품을 위해 하루가 멀다 하고 등산에 열중하고 있었다.

"지난번보다 더 빡센 곳에 가면 위험할 수도 있을 거야. 미리 훈련을 해둬야 해."

윤철은 CF나 예능 출연을 고사하고 '결심, 하다'의 준비에 매달리는 태웅을 격려해 주었다.

회사에 들어올 수입을 놓치는 것은 아쉬웠지만 소속 배우의 차기작 준비를 제대로 지원해 주는 게 우선이었다.

태웅은 중국 현지 촬영에 대비하여 중국어 수업을 들었고, 일주일에 두 번은 등산 스케줄을 잡아 전국의 산 방방곡곡을 돌았다.

"무슨 에베레스트라도 등정하려고 그래?"

윤철이 농담 삼아 얘기했지만 그 역시 한겨울 산간 지방의 위험성을 잘 알고 있었다.

태웅은 위험한 장면을 CG 처리하는 대신 직접 소화한다는 뜻을 영화 제작진에게 밝혔고, 이 사실 또한 언론에 보도되며 '결심, 하다'에 대한 기대를 부추겼다.

—김태웅, 미친 거 아냐? 지가 무슨 엄홍길이냐?

—촬영 장소가 눈 덮인 산이라던데 겁나 빡셀 듯. ㄷㄷ

—솔까말 이거 제대로 소화하면 대종상 남우주연상은 껌이다.

—한국 시장은 관심 없고 중국이랑 세계 시장을 노린다던데? 칸에도 출품할 거래.

—그래도 목숨이 중요하지. ㅉㅉ 아무리 스턴트맨 출신이어도 그렇지…….

—이거 촬영하려고 유스 곤 와일드 출연한 거냐? 노튼한테 한 수 배우려고?

태웅 단독 주연의 새 영화에 네티즌들의 관심이 점점 커져 갔다.

한 달 후, 드디어 영화 촬영이 시작되었다.

S# 2
결심, 하다 크랭크인

　태웅은 오랜 준비 끝에 신작 촬영에 돌입했다.

　일제강점기, 만주의 포로수용소를 탈출하여 기나긴 여정을 시작하는 주인공 결심의 이야기를 그린 차기작 '결심, 하다'.

　회상 신에 등장하는 포로수용소에 끌려오기 전 결심의 삶과 최후반부 일부를 국내에서 촬영하게 된다.

　그리고 영화의 대부분을 차지하는 포로수용소 탈출 후 만주에서의 대장정은 중국 로케로 진행한다.

　험난한 자연환경을 극복하고 자유를 찾아 나아가는 주인공 결심의 인간 승리를 그린 영화로, 스펙터클한 감동과 재미를 보장하는 대작이었다.

'확실히 잘 쓰인 시나리오야. 하지만 책만 좋다고 해서 영화가 잘 나오는 건 아니지.'

그런 면에서 배준화 감독의 연출력은 믿고 갈 만한 수준이었다.

늘 흥행에 성공한 것은 아니지만 꾸준한 필모그래피를 쌓았고, 손익분기점을 넘긴 영화가 대부분이었다.

배우나 스태프와의 충돌로 구설수에 오른 적도 없었다.

그만큼 안정적인 연출력과 현장 장악력을 지니고 있다는 평가였다.

부천의 영화 촬영 스튜디오에서 국내분 촬영이 이루어졌다.

1930~1940년대 배경의 경성을 잘 재현해 놓은 세트장을 본 태웅은 적잖이 감탄했다.

가족들과 행복하게 살다가 독립군으로 오인받아 고문을 당하고 모든 것을 잃은 주인공 결심의 청년기를 촬영하는 날이었다.

"매니저가 아주 싹싹하더구먼. 덕분에 잘 마셨네. 허허허!"

"마침 어제 술을 많이 마셔서 속이 쓰렸는데 어떻게 알았는지 숙취 음료를 주더라고. 어디서 저런 친구를 데려왔지?"

배준화 감독과 제작사 대표가 태웅을 보자마자 환한 미소를 지으며 어깨를 두드렸다.

"네?"

태웅은 어리둥절했다.

그가 화장실을 다녀온 사이 고서윤이 촬영장 내 스태프와 배우들에게 마실 것을 돌린 모양이다.

그것도 젊은 쪽에게는 이온 음료나 탄산음료, 장년 쪽에게는 자양 강장제와 건강 음료를 돌리는 섬세함을 보였다.

"사람이 아주 깍듯하고 깔끔하고 좋아. 말도 점잖고 진중해. 크게 되겠어."

어딘가에 갔다 온 고서윤이 아무것도 안 한 듯 점잔을 빼며 자신을 향해 걸어왔다.

"나 없을 때 뭘 많이 했더라?"

그 말에 고서윤이 태연하게 답했다.

"매니저로서 가장 기본적인 걸 했습니다만. 무슨 문제라도 생겼나요?"

"아니, 잘했어."

태웅은 허탈한 한숨을 쉬고 다시 대본을 떠올리며 촬영에 집중했다.

정말 최수빈과의 관계만 없었어도 백 퍼센트 완벽한 매니저인데……

부모님 역의 나이 지긋한 배우와 동생 역의 아역 배우들과 인사를 나눈 태웅은 초반부 신 촬영에 들어갔다.

효성 깊은 아들로 인력거를 끌며 용돈 벌이를 하던 중 갑자기 들이닥친 순사에게 끌려가는 역을 실감나게 연기했다.

"오케이! 오늘 감 좋은데? 한 번에 죽 가는 거 아니야? 하하하!"

배준화가 너털웃음을 지었다.

그는 신 촬영에 까다롭지 않아서 반복 촬영을 잘 안 하는 것으로 알려진 감독이었다.

'한 큐 감독'이라는 별명도 있을 정도여서 촬영 일정도 원래 잡아둔 것보다 단축되는 일이 많다고 했다.

다만 단 하나 집착하는 것이 있었는데 바로 '한국적'인 연기였다.

"가끔 외국식으로 연기하는 배우들이 있는데, 감독님이 그런 건 아주 질색하시거든. 그러니까 우리 태웅 씨도 꼭 명심해 둬."

아버지 역으로 나온 중견 배우가 태웅에게 귀띔했다.

'한국적인 연기? 그렇게 안 봤는데 은근히 까다롭군.'

그는 어리둥절해하면서도 자신만만했다.

한국적이든 미국적이든 그에게 있어 막히는 연기란 없었다.

*　　　*　　　*

다음 촬영 신은 독립군으로 오인받아 순사들에게 고문당하는 장면이었다.

이후 포로수용소에서 간수들에게 두들겨 맞고 고된 노역을 하는 신도 있어서 이번 영화는 확실히 육체적으로 힘든 일이 많았다.

하지만 무한 지구력과 강인한 정신력의 태웅에게 있어 그리 부담되는 일은 아니었다.

'드디어 고문당하는 연기로군.'

태웅은 머릿속으로 곧 촬영 들어갈 신의 내용을 떠올렸다.

어두컴컴한 조사실 안.

의자 형틀에 묶인 채 피범벅이 된 결심을 향해 순사들이 지속적으로 고문을 가한다.

물고문, 전기 고문, 주전자로 고춧가루 섞은 물 붓기, 인두로 지지기, 반복되는 구타 등등……

결심은 몸부림을 치며 결백을 주장하지만, 괴로움을 견디지 못해 허위 자백을 하고 만다.

'정말 흉악한 고문이야.'

일제시대 실제 순사들이 했다는 고문을 그대로 재현한 장면에 태웅은 눈살을 찌푸렸다.

이 장면의 촬영을 준비하면서 나름 많은 사전 준비를 했다.

과거 독립투사들이 받았다는 고문에 대해 조사해 보고 관련 자료를 찾아보기도 했다.

전생에서도 할리우드 전쟁 영화에 출연하여 고문당하는 연기를 실감나게 재현해 평론가들의 극찬을 받았다.

그래서인지 오늘 촬영도 자신이 있었다.

'후딱 끝내고 집에 가자.'

*　　　*　　　*

"컷! 이번에도 조금 아쉬운데……."

태웅은 또다시 NG를 외친 감독의 반응에 진이 빠졌다.

'대체 뭐가 문제야?'

그는 고문당하는 조선인 결심의 연기를 완벽하게 해냈다고 생각했다.

그런데 감독의 생각은 다른 모양이다.

벌써 다섯 번째 테이크이건만 여전히 그는 오케이 사인을 내리지 않고 있었다.

"아쉬워. 좋은데 아쉬워. 태웅 씨, 한 번만 다시 가자. 오케이?"

"끄응……."

고문당하는 장면을 실감나게 찍으려다 보니 물고문 같은 건 실제로 얼굴을 몇 번이나 찬물에 담갔다가 빼야 했다.

촬영이 길어질수록 고역일 수밖에 없었다.

'미친 지구력' 능력으로 인해 체력은 견딜 만해도 찬물에 머리를 담그는 짓은 당최 적응이 안 됐다.

"뭐가 문제인지 디테일하게 말씀해 주시면 반영하겠습니다."

결국 태웅은 참지 못하고 물었다.

하지만 여전히 감독은 가타부타 확실한 대답을 하지 못했다.

한참을 생각하던 그가 어렵사리 입을 열었다.

"그게 말이야, 뭐랄까… 그래, 한국적이지가 않아."

"한국적… 이요?"

"그래, 한국적! 태웅 씨의 지금 연기는 약간 외국의 감성이랄까?"

촬영을 지켜보던 주변 배우들과 스태프들이 나지막하게 탄식을 했다.

'또 시작이네, 또 시작이야.'

저놈의 '한국적' 타령 때문에 촬영이 길어지고 배우가 그만둔 적도 있었다.

알 만한 사람은 다 아는 몽니였지만 좀처럼 고쳐지지가 않았다.

하지만 태웅은 그의 말을 듣고 머릿속을 스쳐 가는 것이 있었다.

'이거 완전 귀신이잖아? 까다롭게 됐군.'

고문을 받는 장면에서 나오는 자연스러운 리액션.

이를테면 표정과 몸짓, 말투 등에서 나오는 감성의 질감을 감독은 콕 집어 얘기하고 있는 것이다.

실제로 태웅의 액션에는 아직도 할리우드 배우 때의 느낌이 적지 않게 남아 있었다.

지금까지는 한국에서 이국적이고 트렌디한 분위기의 작품을 찍었고, 그의 걸출한 연기력 때문에 티가 나지 않았을 뿐 외국 배우 연기 같은 미묘한 뉘앙스는 분명히 존재했다.

바로 그것을 예리한 감독이 정확하게 지적한 것이다.

'어떻게 한다?'

몸에 밴 버릇 같은 것이라 단기간에 개선하기 어려울 수 있는 부분이다.

하지만 감독이 외국 배우 연기 같은 느낌을 싫어한다면 이쪽이 고칠 수밖에 없었다.

"무슨 말인지 알겠습니다."

"그래? 이야, 역시 태웅 씨는 이해가 빠르구먼. 내가 설명을 잘 못해서 말이야, 이해하는 배우가 많지 않더라고. 하하하!"

계속되는 고문 연기로 꼴이 말이 아니었지만, 태웅은 그래도 뭔가 실마리를 찾은 것 같아서 속이 후련해졌다.

스태프들과 배우들이 혀를 차며 그를 불쌍하단 듯 쳐다보고 있었다.

잘못 걸렸다는 듯한 반응이었지만 그는 불평하거나 좌절하지 않았다.

도리어 한 단계 더 발전할 수 있다는 사실에 은근히 기대가 되었다.

'좋았어. 어디 한번 해볼까? 한국적인 연기라는 걸.'

* * *

"오케이! 아주 좋았어! 바로 그거야, 내가 말한 게."

연신 감탄사를 늘어놓으며 배준화 감독은 태웅을 향해 박수를 쳤다.

"다들 뭐 해? 이 멋진 연기를 보고 그냥 있을 거야?"

심지어 바람잡이처럼 박수 유도까지 했다.

쏟아지는 박수 세례를 받으며 태웅은 힘겹게 손을 흔들어 사람들에게 답례했다.

'오지게 힘드네. 어휴!'

무려 열두 번의 재촬영 끝에 태웅은 간신히 그놈의 '한국적'인 감성을 캐치해 낼 수 있었다.

현대물이 아닌 시대극이니만큼 본 영화를 촬영하면서 잡고 가야 할 필수적인 감성이긴 했다.

'하필 고문받는 장면에서 그 느낌을 잡고 가야 했을지는 의문이다만……'

성공적인 연기를 마치고 나니 어느새 하루가 저물었다.

"오늘 아주 수고했어. 피곤할 테니까 가서 푹 쉬고 다음에도 멋지게 해보자고. 허허허!"

배준화는 태웅의 연기에 크게 만족한 듯 계속 싱글벙글했다.

웃는 얼굴에 침을 뱉을 수도 없고……..

"어머, 태웅 씨 얼굴이 말이 아니네? 괜찮아요?"

다른 스케줄 때문에 뒤늦게 촬영장에 합류한 유지니가 태웅을 보곤 어리둥절해했다.

"오늘 연기가 조금 힘들어서 그래요."

"무슨 연기? 아아, 오늘 고문당하는 신 찍었죠? 근데 왜 목이 쉬었어요?"

"물을 너무 많이 먹고 소리도 많이 질러서 그래요."

실제로 고문 장면을 풀코스로 여러 번 촬영하다 보니 성대가 강한 편임에도 목이 쉬어버리고 말았다.

"고생 많았어요. 에구, 가엾어라."

자신의 머리를 어린아이 다루듯 톡톡 두들기는 그녀를 보고 그는 벙쪘다.

시원시원하기만 하던 그녀가 이런 장난도 칠 줄 아나?

"푹 쉬고 있어요. 나 촬영 들어가야 하니까 보고 가도 되고. 후훗."

만주에서의 대장정 중 우연히 만나게 되는 독립군 부대의 일원 '이송' 역을 맡은 유지니.

딱히 많은 신에 나오진 않지만 그래도 주인공 외에는 병풍 수준인 이 영화에서는 나름 비중이 있었다.

순식간에 독립군 복장을 하고 나타난 그녀의 모습에 현장의 남자들이 모두 침을 꼴깍 삼켰다.

타이트한 독립군 제복을 입어서 몸의 굴곡이 그대로 드러났다.

"아니, 저거 옷이 왜 저렇게 작아? 의상 팀!"

오직 한 사람 배준화 감독만 그녀의 몸매에 관심을 두지 않고 스태프를 향해 쩌렁쩌렁 소리를 질러댔다.

"사이즈 똑바로 재야 할 거 아냐? 저래 가지고 움직일 수나 있겠어? 그렇지, 지니 씨?"

"이 정도면 그렇게 조이는 편 아닌데요? 괜찮은데… 후훗."

"아니야, 너무 작아. 의상 팀 빨리 안 오고 뭐 해!"

그의 극성에 결국 유지니는 두 치수 더 큰 펑퍼짐한 옷을 입고 나서야 촬영에 돌입할 수 있었다.

촬영장의 모든 남성들이 안타까운 한숨을 쉬었음은 물론이다.

*   *   *

CF와 영화 출연으로 인해 태웅이 벌어들인 수입은 10억을 훌쩍 넘어서 20억에 가까웠다.

인생 내내 가난뱅이이던 그가 지금껏 쥐어보지 못한 액수였다.

중국에서 돌아온 후 태웅은 셋방살이에서 벗어나 좀 더 큰 집으로 이사했다.

서울 땅값이 비싸긴 했지만 그래도 7억 정도에 신축 강북 아파트로 입주할 수 있었다.

태선은 꿈인지 생시인지 모르겠다며 이사 당일 기쁨의 눈물을 흘렸다.

"뭘 이 정도 가지고 그래?"

"그래도 우리 집이니까 그렇지."

한국에서 자기 집이란 의미는 각별하다.

태웅은 동생이 기뻐하는 모습을 보며 흐뭇하기 그지없었다.

"넌 앞으로 뭐 할 거니, 동생아? 슬슬 장래 희망을 정해야지."

"갑자기 무슨 고등학교 진로 담당 선생님 같은 말이야?"

그녀는 태웅의 코디 일을 활기차게 하고 있었다.

패션에 대한 감각도 뛰어났고 의상실과 접촉하여 협찬을 따내는 일도 나름 조금씩 능숙해져 가고 있었다.

"나중에는 디자이너 할 거야. 내 브랜드도 만들고 유명해져서 스타들한테도 입히고. 생각만 해도 좋다. 흐."

"그럼 지금 해."

"응?"

"의상실 하나 차려줄게. 좋은 데다."

태웅의 말에 태선이 입을 쩍 벌렸다.

"아니, 아무리 그래도… 나 아직 경력도 많지 않고……."

"지금부터 쌓아. 가자, 동생아."

"어디를?"

"어디긴, 청담동이지."

태웅은 씨익 웃고는 태선의 손을 잡아끌었다.

쇠뿔도 단김에 빼라고 했다.

*　　　　*　　　　*

태선의 개인 의상실은 신사동 가로수길로 정해졌다.

청담동보다는 좀 더 부담 없고 독창적으로 숍을 꾸밀 수 있을 것 같다는 태선의 의견을 따랐다.

순식간에 입점 계약 및 인테리어를 진행했는데, 태선이 직접 실내장식과 매장 콘셉트, 의상 종류를 정했다.

'내 동생이 벌써 사장님이 되는구나.'

태웅은 감개무량했다.

자신이 차려주긴 했지만, 어엿한 의상실 대표가 되는 것이다.

하긴 마냥 어리다고 생각했지만 태선의 나이도 새해면 어느덧 스물여섯이 된다.

충분히 자기 앞길을 개척할 수 있는 나이이다.

신이 나서 개업 준비를 하는 걸 보고 태웅은 흐뭇한 미소를 지었다.

딱히 남자를 만나는 것도 아니고 친구들이랑 클럽 같은 데를 다니며 놀지도 못하는 성격이다.

착실하게 공부하고 오빠 세심하게 챙겨주며 쉬는 시간에는 영화나 책 보는 게 다인 녀석이다.

엇나갈 수 있는데도 올곧게 자라주어 오빠로서 고맙기 그지없었다.

의상실은 그녀와 마음에 맞는 친구들과 함께 운영하기로 했기에 태웅의 스케줄이 있을 때도 코디의 역할을 다하며 자유롭게 움직일 수 있었다.

또한 실버문 엔터테인먼트의 의상도 태선의 의상실에서 담당하기로 했다.

*　　　*　　　*

"고마워."

개업 준비에 한창이던 어느 날, 저녁을 먹으며 태선이 시선도 마주치지 않고 말했다.

쑥스러운 말을 잘 못 하는 성격이기에 꽤나 부끄러워하는 것 같았다.

"너 일 시키는 거야. 앞으로 회사 연예인들 옷까지 잘 챙겨야 하는 거 알지?"

"그쯤 문제없지. 아직 연예인 셋밖에 안 되잖아."

"앞으로 많이 늘어날걸?"

물론 금방 불어날 거라고 장담은 못 했다.

태웅은 현재 실버문 엔터테인먼트의 상황을 떠올려 보았다.

마가린의 새로운 싱글 발매가 일주일 앞으로 다가와 있다.

홍구는 요즘 열심히 퀴어 영화를 찍는 중이다.

지금은 윤철이 케어해 주고 있지만 각각 매니저를 붙여야할 날이 곧 올 것이다.

'홍구한테는 김샛별을 붙일까?'

가뜩이나 자꾸 귀찮게 하는 녀석이니 홍구에게 붙여 끼리끼리 놀게 해도 좋을 것 같았다.

까똑!

핸드폰 메시지가 울리는 소리에 태웅은 액정을 보았다.

호랑이도 제 말 하면 온다더니…….

"나 잠깐 나갔다 올게. 넌 일찍 자."

"저녁 먹다 말고 어딜 가?"

"다 먹었다. 금방 올게."

          *   *   *

중국으로 떠나기 전 태웅은 김샛별에게 한 가지 임무를 주었다.

나중에 휴양 삼아 쉴 만한 별장이나 펜션을 제주도에 하나두고 싶어서 적당한 매물을 찾아보라고 시켰다.

최대한 제주도에서 비비고 오라고 기간도 넉넉하게 한 달이나 줬다.

하지만 한 달이 채 되기 전 적당한 후보지 리스트를 뽑아 가지고 온 것이다.

"중국은 잘 다녀오셨습니까, 형님?"

"어엉. 그거 들고 있는 게 리스트야? 얼른 그거나 줘봐."

파일을 빼앗은 태웅은 벤치에 앉은 채로 천천히 리스트를 훑어보았다.

김샛별은 앉지도 않고 부복한 채로 부담스럽기 그지없는 시선을 보냈다.

"뭘 봐?"

태웅이 눈을 치켜뜨자 그는 움찔했다.

"죄송합니다."

"3초 이상 보면 한 대씩 맞는다."

리스트에 올라온 곳은 대략 여덟 곳 정도였는데, 다 괜찮아서 어디를 골라야 할지 모를 정도였다.

위치와 가격, 주변 환경과 장단점 등이 고화질 사진과 함께 상세하게 적혀 있었다.

"너 이런 거 잘하는구나?"

"제가 좀 합니다, 형님."

"흥신소 했니?"

"한때 잠시 했습니다."

"오호라······."

그는 암흑가에서 전설적인 주먹으로 이름을 날리기 전, 흥 신소 쫄따구 생활을 한 적이 있다고 했다.

드론을 날려 모텔 등에서 불륜 증거 사진을 찍는 일인데, 독보적인 드론 조종 솜씨로 순식간에 업계 최고의 인재로 올 라섰다고 한다.

"좋아, 수고했다."

"그럼 이제 형님을 가까이 모실 수 있는 겁니까?"

"아니, 저기 일본에도 좀 갔다 와라."

"이, 일본이요?"

"그래. 일본에도 자주 갈 예정이거든. 거기도 한번 리스트 쫙 뽑아와 봐."

"어, 언제까지······."

"일본은 그래도 외국이니까 한 석 달 줄게."

"석 달이나 말입니까? 마음만 먹으면 일주일 안에라도······."

"어허, 그렇게 대충 날림으로 하겠다는 거야? 꼼꼼히 이것저 것 따지고 비교해 보려면 석 달도 부족해. 한 육 개월까지도 좋으니까 잘 찾아보란 말이다."

"크윽, 제가 생각이 짧았습니다. 최선을 다해 하나부터 열까 지 살펴보고 오겠습니다."

김샛별이 고개를 꾸벅 숙였다.

세계는 넓으니까 각 나라마다 알아보게 시키면 이번 생은 가까이 얽힐 일이 없겠지?

핸드폰을 열어 지구상의 나라가 몇 개인지 검색해 보던 태웅은 문득 머릿속을 스쳐 가는 생각에 움직임을 멈췄다.

'가만있자, 이 녀석을 유용하게 써먹을 데가 있겠구나.'

태웅은 김샛별을 바라보며 진지한 얼굴로 입을 열었다.

"일본은 좀 나중에 가야겠다. 생각해 보니까 더 중요한 일이 있네."

"오오, 그게 뭡니까?"

"미국에 가서 엘런이란 녀석에 대해 캐봐. 자세한 신상은 메시지로 알려줄 테니까 연락할 수 있는 방법이라든가, 요즘 어떻게 지내고 있는지… 하여튼 하나부터 열까지 낱낱이. 알았지?"

"중요한 일입니까?"

"그래, 엄청 중요한 일이다. 그리고 맡길 사람이 너밖에 없어."

"그렇군요. 이 김샛별, 무슨 일이 있어도 이 임무를 완벽하게 수행하고 오겠습니다."

그는 결연한 눈빛으로 주먹을 꽉 쥐었다.

흥신소 출신으로 사람 뒤를 캐는 일이라면 자신 있었다.

"그런데 너, 영어 할 줄 알아?"

"물론입니다. 저 토익 900점 받았습니다."

"엥? 진짜?"

믿을 수 없었지만 김샛별은 자신만만하게 말했다.

"회화도 꽤 합니다. 이래 봬도 저 문명대 출신입니다."

"문명대? 우리나라 3대 대학 중 하나잖아?"

이제 보니 먹물이었다.

역시 사람은 겉만 봐서는 모른다.

"최대한 빨리 출발해서 모든 걸 알아오도록 해. 엘런, 그리고 그가 운영하는 재단, 라이더 베스의 사후 주변 정리는 어떻게 되었는지… 깡그리 다."

"존명! 받들겠습니다."

날렵한 발걸음으로 돌아가는 김샛별의 뒷모습을 보며 태웅은 한숨을 쉬었다.

떨거지도 털어내면서 중요한 조사도 시켰다.

그야말로 일석이조였다.

김샛별에게 딱히 큰 기대는 안 하지만, 운이 좋으면 미국에서 쓸 만한 정보를 알아온다거나 엘런과 접촉할 방법을 마련해 올 수도 있었다.

물론 전생에서의 인연과 다시 연을 맺는 것이 아무 의미 없는 일일 수도 있다.

하지만 그는 몇 가지 궁금한 점이 있었다.

그리고 그것을 해소하기 위해서는 옛 친구의 도움이 필요했다.

*   *   *

'결심, 하다'의 촬영은 순조롭게 진행되었다.

국내 촬영 분량이 많지 않았기에 한 달이 채 안 되는 촬영 기간에도 불구하고 50퍼센트의 진척도를 보였다.

배준화 감독의 '한국적'인 연기 타령에도 충실하게 배역을 소화한 태웅은 단번에 함께 출연하는 배우와 스태프들의 인정을 받았다.

더불어 고서윤이 촬영장에 있는 모든 사람을 빠짐없이 챙기면서 태웅의 이미지는 한층 더 좋아졌다.

"태웅 씨, 촬영 끝나고 술 한잔 어때?"

"태웅 씨, 요즘 나오는 CF 좋던데? 아주 얼굴에서 빛이 나, 빛이."

배우와 스태프를 막론하고 여기저기에서 그를 찾는 사람들이 많아질 정도로 태웅은 유명 인사가 되어가고 있었다.

새해를 맞이한 지 얼마 되지 않아 중국 로케를 떠나는 날이 다가왔다.

출국을 앞둔 태웅의 '생존 전문가' 숙련도는 50퍼센트로 올라가 있었다.

그간 등산과 야영을 병행하며 야생에서의 생활에 적응하는 훈련을 한 결과였다.

두 달의 일정으로 진행되는 중국 로케.

극한 환경에서의 촬영과 수천 킬로미터의 이동 거리.

현생의 태웅으로서는 경험해 보지 못한 힘든 촬영이었다.

게다가 더욱 걱정되는 것은 코디로서 동생 태선이 동행한다는 사실이다.

"그러니까 나보다 태선이를 더 챙겨야 한다고. 명심해야 해."

출국을 위해 짐을 꾸리면서 태웅은 고서윤에게 신신당부했다.

그 역시 매니저로서 태웅을 따라 함께 중국으로 떠나게 된다.

"동생분은 책임지고 케어하겠습니다. 염려 마시고 촬영에 전념하시면 됩니다."

고서윤은 묵묵히 고개를 끄덕였다.

그의 말을 들으니 듬직하고 안심이 되었지만, 역시나 쉬운 길은 아닐 것이다.

"난 괜찮은데. 본인이나 걱정하시지?"

태선은 오빠의 걱정을 비웃기라도 하듯 자신만만해했다.

'가서 질질 짜지나 마라.'

'유스 곤 와일드'를 비롯하여 험난한 환경에서 생존 적응 훈련을 한 태웅이지만 어떤 장소도 얕볼 생각은 없었다.

그만큼 대자연이란 무서운 존재인 것이다.

건강 미인의 이미지를 가지고 있는 유지니에게도 쉽지 않은 촬영이 될 것이다.

'그러고 보니 그 여자도 ROD에 들어갔다고 했지?'

얼마 전 전격 발표된 유지니의 영입으로 대형 기획사 ROD의 배우 라인업 또한 충실해졌다.

만약 중국 시장을 노린 이번 영화가 성공한다면 그녀 역시 한류 스타로 발돋움하게 될 것이고, ROD의 노림수 또한 적중하는 것이다.

*　　　　*　　　　*

"자, 오늘도 수고하셨습니다. 이제 다음 촬영은 중국이네요. 하하하!"

배준화 감독이 촬영을 마치고 호탕하게 웃으며 외쳤다.

"다들 준비 단단히 하시고 오세요. 그쪽이 겨울에는 워낙 건조해서 러시아보다 더 추울 수도 있어요. 최대한 대비는 하겠지만 워낙 찍는 데가 험하니까 방심하면 큰일 납니다."

영화 촬영은 전쟁이다.

한겨울 눈 덮인 산에서의 촬영이 얼마나 위험한지 태웅은 잘 알고 있었다.

"우리 태웅 씨한테 많이들 배워요. 괜히 생존 프로그램에 출연하는 게 아니라고 하니까."

중견 배우 김화룡이 주변 배우와 스태프들에게 당부하듯

말했다.

그는 극 초중반에 함께 수용소를 탈출했다가 만주에서 얼어 죽는 조선인 죄수 우협 역으로 출연하는 배우이다.

평소 등산을 즐겨 하는 배우로 산행에는 풍부한 경험이 있지만, 그조차도 이번 중국 로케는 부담스럽다고 했다.

"그런데 그 여자가 더 걱정이네요. 메이린? 중국에서 요즘 국민 여동생이라고 불리는 그 배우 말이에요."

"그러게 말이야. 무슨 생각으로 이 험한 영화에 출연하겠다고 했는지 모르겠어. 시나리오를 안 봤나?"

배우들의 대화를 들으며 태웅은 현지에서 곤란한 일이 생길 수도 있겠다는 예감이 들었다.

보통 이런 극한 환경에서의 촬영을 우습게 보는 신인이나 여자 배우가 많다.

그리고 그들은 십중팔구 현장에서 문제를 일으키게 된다.

'삼합회 간부의 딸이라고 해서 망나니처럼 굴면 안 될 텐데. 어떻게 함부로 할 수도 없을 테니……'

상념에 잠겨 있는 그의 눈에 익숙한 얼굴이 눈에 띄었다.

청순하면서도 우아하고 지적인 매력을 동시에 풍기고 있는 정장 차림의 여자.

'강지나?'

소속 연예인 유지니와 대화를 나누던 그녀가 태웅에게 시선을 돌렸다.

그녀는 살짝 목례를 했지만 평소처럼 스스럼없이 다가와 말을 걸진 않았다.

'오늘은 많이 바쁜가 보지?'

별다른 생각 없이 고개를 돌려 고서윤과 대화를 나누는 그를 강지나가 힐끗 바라보았다.

그에게서 라이더 베스의 향기를 진하게 느낀 이후 이상하게도 예전처럼 대하는 게 불편했다.

'이게 무슨 꼴이람.'

작게 한숨을 쉬는 그녀의 모습을 본 유지니가 의아한 듯 물었다.

"괜찮으세요, 대표님?"

"응? 미안해요. 다른 생각을 좀 하느라."

강지나는 멋쩍게 웃으며 그녀와 촬영 스케줄을 의논했다.

"출발 때는 나도 같이 갈 거예요."

"대표님이요? 거기 위험한 곳인데 괜찮으시겠어요?"

"그럼요. 지니 씨도 가는데 내가 안 가면 되겠어요? 호호호!"

막 영입한 유지니는 회사의 중요한 자산이었기에 강지나는 그녀를 신경 써서 챙길 생각이었다.

'같은 비행기를 타게 되려나?'

태웅을 슬쩍 본 그녀는 다시금 묘한 기분에 사로잡혔다.

＊   ＊   ＊

중국 선양으로 향하는 비행기를 탄 태웅은 조용히 눈을 감 았다.

그의 머릿속에 앞으로 자신에게 닥칠 험난한 시련이 떠올 랐다.

첫 번째 주연 작품이다.

이 작품의 성공 여부에 따라 앞으로의 방향이 달라진다.

아직 주연을 맡기에 함량 부족이라는 언론의 평이 있던 만 큼 첫 주연 영화는 반드시 성공해야 했다.

떠오르는 스타, 또는 조연 배우가 첫 주연을 맡았을 땐 영 화의 성공 여부에 따라 배우의 운명이 갈린다.

첫 주연 작품이 성공한다면 당분간은 탄탄대로를 걷게 되 지만, 실패한다면 다음부터는 계속 조연 자리만 들어오게 될 것이다.

제작사나 투자사, 감독 모두 뜨는 배우의 첫 주연 작품 성 적을 유심히 보기 때문이다.

'이번에 반드시 성공해 주지. 그리고 바로 다음 영화로 연타 석홈런.'

'결심, 하다'의 촬영 이후에는 거의 시간 차를 두지 않고 바 로 '치명적 러브'의 촬영이 이어진다.

한 작품이 선 굵은 치열한 역사 생존물이라면, 다른 하나는 매우 파격적이고 신선한 로맨스 장르의 작품이다.

이미 코믹한 캐릭터와 강렬한 정신 분열 캐릭터를 연기한 태웅이 두 작품 모두 성공적인 평가를 받는다면?

폭넓은 스펙트럼을 가진 국민 배우로 급부상할 수 있었다.

'로맨스 영화를 찍을 땐 외모를 조금 더 업그레이드해 볼까?'

몇 번의 커스터마이징으로 인해 처음보다 외모가 훨씬 발전한 그였지만, 아직도 전생의 30퍼센트 수준에 머물고 있었다.

50퍼센트 정도로만 올려도 연예계에서 상위급 외모가 된다.

그렇게 되면 한층 더 여자들로 인해 피곤한 일이 생기겠지만, 피할 수 없는 일이니 즐겨야 할 것 같았다.

그의 좌석 대각선으로 강지나와 유지니의 자리가 보였다.

두 사람이 같은 비행기, 같은 비즈니스석에 타게 될 줄은 몰랐다.

무슨 말을 해야 할지 몰라 인사만 나눴다.

'배우의 해외 로케까지 따라가다니 정말 열심인 대표야.'

한국 최대 기업 삼원 그룹 회장의 손녀인데도 로열 패밀리 특유의 거만함이나 특권 의식이 없었다.

그녀만 봐서는 가문의 교육 환경 덕분일 것 같지만 강창구를 보면 꼭 그런 것도 아니다.

'대단한 여자야. 저런 신분이 아니었더라도 분명 성공했겠지?'

게다가 명색이 톱 여배우인 유지니 옆에 있는데도 미모가 전혀 꿀리지 않는다.

아니, 지적이고 우아하며 청순한 느낌은 도리어 한 수 위였다.

'지나치게 완벽하군. 쩝.'

그녀에게 아무런 감정도 느끼지 않으려고 애쓰며 태웅은 창밖을 바라보았다.

어느새 선양 시가지가 구름 아래 모습을 드러내고 있었다.

*　　　*　　　*

비행기에서 내리자마자 어마어마한 추위가 탑승객들을 강습했다.

사나운 바람과 건조한 공기가 순식간에 코 안을 텁텁하게 했다.

"숙소로 이동할게요! 스태프들은 장비 잘 챙겨주세요!"

일행은 제작사에서 미리 잡아놓은 숙소로 향했다.

나름 쾌적하고 안전해 보이는 호텔이었다.

으리으리하진 않아도 로비나 방이 넓고 직원들도 친절한 편이었다.

"한동안 물갈이하느라 고생 좀 할 거요. 그래도 컨디션 관리를 잘해야 해요."

배준화 감독은 특히 태웅에게 신신당부했다.

주연배우로서 영화를 이끌어 가야 할 그의 건강에 문제가 생긴다면 촬영 자체가 무산되어 버린다.

때문에 '결심, 하다' 제작진은 아예 태웅의 컨디션을 관리해 줄 영양사와 전담 주치의까지 데리고 왔다.

이 정도면 거의 톱스타 수준의 대우라고 할 만했다.

짐을 풀고 점심 식사를 하기 전 휴식을 취하고 있는데 바깥이 시끄러웠다.

인터폰을 받은 고서윤이 태웅을 향해 어깨를 으쓱해 보였다.

"무슨 일이야?"

"기자 몇몇이 몰려왔답니다. 여기서 묵는 줄 어떻게 알았는지……."

"기자들?"

"형님하고 인터뷰하고 싶다고요. 예의도 없는 사람들이네요."

선약도 하지 않고 다짜고짜 숙소에 들이닥치다니…….

태웅은 그들과 만나고 싶지 않았지만, 다른 스태프들이 고역을 치르고 있다면 직접 상대해 줄 생각이 있었다.

"무리 안 하셔도 됩니다. 제가 해결해 보겠습니다."

"아니, 직접 한번 보겠어. 뭐가 그렇게들 궁금한지……."

고서윤의 만류에도 태웅은 옷을 대충 걸치고 로비로 내려

갔다.

제작진과 실랑이를 하고 있던 기자들이 태웅을 보고선 잽싸게 카메라를 들고 찍어댔다.

"어허, 이 사람들이 진짜! 초상권 침해로 고소당하고 싶어요?"

만류하던 스태프가 화가 나서 소리쳤다.

하지만 기자들은 그러거나 말거나 태웅을 향해 연신 플래시를 터뜨렸고, 위협적으로 다가오기까지 했다.

"거기까지. 인터뷰할 테니까 예의와 순서를 지켜주세요."

태웅이 유창한 중국어로 입을 열었다.

'아니, 언제 저렇게 중국어가 늘었지?'

고서윤조차 벙찔 정도로 엄청난 습득력이었다.

태웅은 그간 배운 중국어 강습으로 인해 이미 상당한 수준의 중국어 회화 능력을 보유하게 되었다.

스스로도 놀랄 정도로 익히는 속도가 빨랐다.

아무래도 '미친 습득력' 능력의 영향인 듯싶었지만 확실하게 알 수는 없었다.

"김태웅 씨, 인화일보 기자 쉬에즈첸이라고 합니다. 반갑습니다."

중화 배우 홍금보를 닮은 기자가 숨을 헐떡거리며 태웅에게 명함을 건넸다.

물론 중간에서 막아선 고서윤이 명함을 가로채어 자기 호주머니에 넣곤 자신의 명함을 건넸다.

"김태웅 씨 매니저입니다. 인터뷰는 로비에서 진행하겠습니다."

고서윤이 능숙하게 쉬에즈첸과 태웅을 로비 한구석에 있는 좌석으로 안내했다.

다른 기자들이 막무가내로 밀어붙이며 들어오려는 것을 고서윤이 만류하자 태웅은 그를 제지했다.

"들어올 거면 들어오세요. 단, 순서 안 지키고 질문하면 대답 안 합니다."

여기까지 와서 난리 치는 성의를 보고 인터뷰에 응한 것인데 짜증 나게 하면 안 하겠다는 생각으로 태웅은 눈을 부라렸다.

그러자 기자들의 흥분도 가라앉았다.

"반갑습니다. 일단 영화 촬영을 위해 먼 길을 오셨는데 일정이 궁금하네요."

"대략 두 달 정도로 알고 있습니다. 현지 사정에 따라 달라질 수도 있고요."

영화에 대한 질문을 거친 후 쉬에즈첸은 의미심장한 질문을 꺼냈다.

"요즘 한국과 중국의 정치 상황이 별로 좋지 않은데요, 이번 영화는 중국 시장을 겨냥한다고 하시더군요."

"그건 제가 겨냥한 게 아닌데요."

뜻하지 않은 대답에 한 방 먹었는지 쉬에즈첸이 잠시 멈칫했다.

"하하, 물론 그러시겠죠. 어쨌든 많은 중국인들은 한국 영화나 배우에 대해 그리 좋은 감정을 가지고 있지 않습니다. 그럼에도 중국에서 사랑을 받을 수 있다고 보시나요?"

"사랑받으면 좋겠죠. 아니면 어쩔 수 없고요."

그는 쿨하게 대답했다.

"저는 좋은 영화를 훌륭한 배우들과 찍고 그 결과물을 최대한 많은 사람들과 누리고 싶습니다. 이런 마음을 중국의 많은 분들이 공감해 주시길 바랍니다."

기자의 자극적인 질문에도 능숙하게 대답하는 폼이 노련하기 그지없었다.

인터뷰라면 한두 번 해본 것이 아니기에 태웅은 단어 선택 하나에도 실수가 없었다.

"중국의 국민 여동생이라고 불리는 메이린과 함께 출연하게 되었는데요, 그녀의 남성 팬들에게 많은 저주를 들으시겠는데요?"

기자의 농담에도 그는 태연하게 대답했다.

"사실 아직 직접 본 적도 없습니다. 그리고 그분과는 애정신도 없으니 오해와 억측은 거부하겠습니다."

톱스타를 연상케 하는 노련한 언론 응대.

지켜보던 사람들은 감탄을 금치 못했다.

자신만만하게 들이닥친 기자들이 도리어 태웅에게 압도되어 우물쭈물하는 광경이 속 시원하기까지 했다.

"이 정도면 만족하시겠죠? 그럼 슬슬 끝내도록 하죠."

일사천리로 인터뷰를 마친 태웅이 자리에서 일어났다.

더 이상 귀찮게 하는 것은 용납하지 않겠다는 듯 단호한 걸음걸이로 그는 자신의 객실로 올라갔다.

"뭐 저렇게 쿨해?"

로비에서 물러난 기자들이 담배를 피우며 서로 수군댔다.

쉬에즈첸은 태웅의 자신감 있는 태도에 강렬한 인상을 받았다.

지난번 '런닝프렌즈' 출연 후 한국의 김태웅이란 배우에 대해 관심이 높아지고 있었기에 그의 입국 일정을 알아내 숙소까지 들이닥쳤다.

만약 불쾌해하거나 거칠게 대응한다면 그것 또한 훌륭한 기삿거리가 될 거라는 생각이었다.

그런데 도리어 깔끔하고 신사적인 응대에 인터뷰까지 완벽하게 마쳤다.

답변은 칼같이 빠르고 정확했다.

꼬투리 잡을 단어나 말투, 내용도 없었다.

"일단 네거티브는 안 될 것 같고, 그냥 최대한 화제가 될 만한 걸로 뽑아보자고."

하지만 셋 모두 머리를 맞대도 딱히 좋은 제목이 나오지 않았다.

결국 다음 날 포털을 장식한 태웅의 기사는 평범하기 이를 데 없는 내용이었다.

그럼에도 많은 이들이 태웅이 나온 인터뷰 기사를 클릭해 보았다.

그만큼 중국 대륙에서도 그는 화제의 인물이 되어가고 있었다.

*   *   *

랴오닝성 신청에 위치한 임시 세트장.

일제의 포로수용소를 재현한 세트장으로, 수천 명을 수용할 수 있는 규모였다.

영화상에서 만주 일대의 독립군이나 마적, 그리고 중국인 군인이나 죄수 등을 수용하고 있는 곳으로 초반 주 무대가 되는 장소였다.

태웅은 대본의 초반부를 떠올려 보았다.

인간 이하의 대접을 받으며 고된 노역에 종사하는 주인공 결심은 머지않아 사형당할 운명에 처해 있다.

하지만 사형 집행일 아침, 뜻밖의 지진이 일어나고…….

수용소를 탈출한 결심과 그의 동료들은 험난한 만주 한복판에서 살아남기 위해 고군분투하지만 차례로 죽어간다.

모두를 잃고 혼자 살아남은 결심은 벌판과 사막, 산을 가로지르며 고향 땅에 도착하기 위해 끊임없이 전진하게 된다.

"컨디션은 좀 어때?"

배준화 감독의 물음에 태웅은 자신 있게 대답했다.

"백 퍼센트입니다."

"백 퍼센트 가지곤 안 될 텐데? 평소 촬영보다 두 배는 빡세니까 이백 퍼센트는 돼야지. 큰일 났네."

배준화 감독 특유의 썰렁한 개그가 또 터져 나왔다.

아무도 웃지 않자 머쓱해진 그는 헛기침을 했다.

"암튼 관리 잘해. 오늘 촬영부터 험할 테니까 말이야."

"걱정 마세요."

"잊지 마. 한국적인 연기! 기대할게. 하하하!"

감독은 태웅에게 신뢰가 가득 담긴 미소를 보냈다.

태웅 역시 배준화 감독의 섬세한 디렉팅을 신뢰하고 있었다.

그가 입이 닳도록 요구하는 '한국적'인 감성이란 것이 실은 한국 영화와 배우의 큰 장점이라고 해도 과언이 아니었기 때문이다.

선과 악에 대한 이분법이 확실한 해외 영화에 비해 한국 영화에서는 악에 대해서도 인간적인 애정을 담는다.

도저히 용서할 수 없는 흉악범이나 악인 캐릭터에 대해서도 인간적인 연민을 느끼는 시선을 담는다.

인간에 대한 깊은 이해와 애정이 아니고서는 나올 수가 없는 시나리오와 연출, 연기다.

태웅은 바로 그것을 깨달아가고 있었다.

그럴수록 그의 연기는 더욱 깊어지고 저절로 맛과 향이 우러났다.

"신 23부터 갑시다!"

스크립트를 확인한 감독이 배우들을 향해 입을 열었다.

신 23은 태웅이 포로수용소에서 고된 노역을 하고 쓰러진 동료를 챙기다 간수와 시비가 붙는 내용이었다.

대본에 그려진 상황을 떠올린 태웅은 혈압부터 치솟았다.

일제시대 독립투사들의 고초에 깊이 이입이 됐기 때문이다.

'이런 꼴을 당하다니… 정말 처절하군.'

억울하게 독립군으로 몰려 고문을 당하고 가족과 생이별한 뒤 독립군이 된 결심의 심정이 절절히 느껴졌다.

포로 복장을 하고 누추하게 분장을 했지만 그의 눈에서는 번뜩이는 빛이 뿜어져 나왔다.

이 영화의 상징이자 주제인 '굽히지 않는 인간의 의지'를 누구보다 잘 표현하는 눈빛이었다.

"그럼 갑니다, 3, 2, 1, 레디… 액션!"

첫 신을 수월하게 마친 태웅은 바로 다음 신 촬영으로 넘어갔다.

지진과 동시에 일어난 포로들의 폭동으로 수용소는 아비규환이 되는데, 이때를 노려 탈출하는 신이었다.

CG 대신 실제로 폭파를 일으키고 세트를 무너뜨리면서 찍는 고난이도 촬영이었다.

퍼퍼펑!

수용소 건물이 무너지고 흙더미가 쏟아지면서 현장은 아수라장이 되었다.

수많은 배우와 보조 출연자들이 출연하는 탈출 장면은 그야말로 장관이었다.

같은 경성 출신 조선인으로 티격태격하던 중년의 조선인 우협과 결심은 나란히 무너진 수용소 담장을 넘어 탈출에 성공한다.

"헥헥, 아주 죽겠네."

도주 장면을 마친 우협 역의 김화룡이 기진맥진해 주저앉았다.

무한 체력을 가진 태웅에게도 보통 고역이 아니었으니 평범한 아저씨에 불과한 그가 힘든 것은 당연하다.

"괜찮아, 태웅 씨?"

"네, 저는 끄떡없습니다."

"진짜 징하다. 아무리 젊은 사람이지만 무슨 체력이 그렇게 좋아?"

김화룡이 질렸다는 듯 고개를 저었다.

그 역시 나름 오랜 등산으로 다져진 건강한 체력을 보유하고 있었는데, 이 젊은 배우와 비교하면 마라토너와 단거리 육상 선수 정도의 차이가 난다.

그나마 태웅이 속도를 맞추며 배려해 주고 있었기에 망정이지 안 그랬다면 진작 탈진해 쓰러지고 말았을 것이다.

"감독님, 다시 안 갈 거죠? 이번에 오케이죠? 저 이거 또 찍으면 정말 죽어요."

"엄살은… 오케이야. 걱정 말고 체력이나 보충해."

배준화가 김화룡에게 핀잔을 주었다.

두 사람은 오래 호흡을 맞춘 친구 같은 사이라고 한다.

"오빠, 고생했어!"

완전히 거지꼴이 된 태웅의 얼굴을 태선이 물수건으로 닦아주었다.

'데리고 온 보람이 있네.'

사실 첫 촬영부터 현장에 데리고 나오는 것이 꺼려지긴 했지만, 태선 본인이 무조건 따라오겠다고 우겼다.

벌써부터 추위가 엄습하고 있는 랴오닝성의 날씨였지만 태선은 조금도 내색하지 않았다.

"코디분이랑 너무 친밀하신 거 아니에요?"

유지니가 다가와 장난스럽게 말했다.

오늘 본인은 촬영이 없지만 현장을 둘러보기 위해 나왔다고 했다.

조금 떨어진 곳에 강지나도 있었는데, 그녀는 감독과 뭔가 즐겁게 얘기를 나누고 있었다.

"제 동생이에요."

"어머, 친동생이요? 정말이에요?"

태웅이 고개를 끄덕이자 그녀는 태선과 그를 번갈아 보더니 말했다.

"진짜네. 닮았어요. 친동생이 코디라니 진짜 좋겠다."

태선이 쌜쭉한 눈으로 그녀를 보았다.

일단 태웅에게 접근하는 여배우는 경계부터 하고 보는 것 같았다.

"난 너무 예뻐서 코디 아닌 줄 알았는데. 저런 미녀 신인 배우가 있나 했지 뭐예요."

태선의 경계수위가 단번에 세 단계 정도 하락했다.

"사실 이렇게 예쁜 여자 신인이 자꾸 나오면 곤란한데 다행이다. 태선 씨라고 했죠? 절대 연예인 하면 안 돼요? 호호호!"

태선의 표정과 눈빛을 보니 이미 여성 팬 한 명 확보한 유지니이다.

그녀가 자리를 뜨자 태선이 점잖게 고개를 끄덕이며 말했다.

"역시 대세 배우네, 대세 배우야. 괜히 걸크러시 유지니가 아니었어. 아주 훌륭해."

"뭐냐, 그 아저씨 같은 말투는?"

태웅의 핀잔에도 그녀는 마냥 즐거워 보였다.

"그런데 배가 고프군요. 여기선 아무것도 안 먹는 건가요?"

고서윤의 말에 태웅이 의아한 듯 물었다.

"너도 배가 고파?"

"점심시간이 다 됐으니 당연한 것 아닌가요?"

'배고픔을 느끼다니 기계는 아니군.'

태웅은 주위를 둘러보곤 입을 열었다.

"이 척박한 환경을 봐라. 밥은커녕 음식 비슷한 건 구경도……"

"밥차다!"

떠들썩한 소리에 태웅이 고개를 돌렸다.

세트 앞에 대형 밥차가 멈춰 서더니 재빠르게 문이 열리며 세팅을 하기 시작했다.

"자, 오늘 밥차는 특별히 여기 ROD 강지나 대표님이 제공해 주셨습니다. 모두 감사의 박수!"

현장 배우와 스태프들이 강지나를 향해 열광적으로 환호했다.

그녀는 멋쩍어하면서도 우아하게 손을 들어 사람들에게 답했다.

마치 영국 왕실의 여왕이나 왕세자빈 같은 느낌이다.

"진짜 센스 끝내준다. 이런 데까지 밥차가 다 오는 거야? 거기다가 해외인데?"

태선이 신난 듯 어린애처럼 폴짝폴짝 뛰었다.

태웅도 강지나의 수완에 놀라지 않을 수 없었다.

언제 저런 걸 다 준비했을까?

"무슨 생각이든 나중에 하는 게 좋을 것 같습니다만."

고서윤이 날카로운 눈빛으로 말했다.

이미 배우와 스태프들이 밥차를 향해 좀비 떼처럼 우르르 몰려가는 것이 태웅의 눈에도 보였다.

자칫하다가는 국물도 못 건질 느낌이다.

"뛰어!"

세 사람은 동시에 빛과 같은 속도로 달려가기 시작했다.

*　　　　*　　　　*

늦은 시간에도 촬영은 이어졌다.

해외 로케이기에 횟수를 여러 번 나누는 데 어려움이 있어 한 장소에서 최대한 길게 촬영해야 했다.

잦은 NG나 지각은 용납되지 않는 환경이었기에 사람들의 신경도 예민해져 있었다.

하지만 배준화 감독의 현장 장악력이 뛰어났고 스태프나 배

우들도 대부분 그와 오래 호흡을 맞춰온 사람들이라 그런지
불만이 있어도 잘 해소되는 편이었다.

촬영이 끝나면 다들 녹초가 되었다.

다행히 그 후에는 진수성찬 식사가 이어졌다.

호텔 식당도 훌륭했고 근처에도 은근히 먹을 곳이 많아서
출연 배우와 스태프들은 걸신들린 듯 배를 채웠다.

지금이야 식사를 제대로 할 수 있는 환경이지만, 곧 본격적
인 오지 촬영에 돌입하면 그마저도 불가능할 수 있었다.

끼니를 거르는 것은 물론이거니와 엄습하는 추위와 부상
등과 싸워야 한다.

배우들도 열악한데 스태프들은 말할 것도 없어서 태웅은
그들의 고초가 은근히 신경 쓰였다.

배우나 감독과는 달리 영화 스태프들의 처우는 매우 열악
했다.

'한국 스태프들 대우는 정말 형편없군. 개선할 필요가 있겠
어.'

그는 좀 더 스타가 되면 자신이 직접 나서야겠다고 생각했
다.

"오빠는 팬카페나 이런 거 없어?"

저녁 식사를 마친 후 호텔 로비에서 휴식을 취하면서 태선
이 말했다.

"팬카페? 있긴 있을걸."

"그건 그냥 팬들이 알아서 만든 거겠지. 오빠나 회사가 관리하는 건 아닐 거 아냐."

"그렇지. 딱히 관리는 안 하니까."

태선은 한숨을 쉬었다.

"그러면 어떻게 해? 이제 팬 관리도 제대로 해야지."

"네가 좀 해줘라. 너도 알다시피 회사에서 그런 거 할 사람이 없잖아?"

미디어 홍보 담당 직원은 이미 한국을 떠나오기 전 면접을 보고 있었다.

하지만 팬들을 제대로 관리하려면 스타 본인도 많이 신경을 써야 했다.

"원래 밥차 같은 것도 팬들이 지원해 주곤 하는데, 오빠는 아직 열성 팬들이 없나 봐?"

"그렇지 않습니다. 인터넷상에서만도 꽤 되죠."

고서윤의 말대로 태웅의 팬은 관리를 안 해서 그렇지 남녀를 막론하고 상당한 수준이었다.

아직 로맨스 영화를 찍지 않아서 그렇지 캐스팅이 확정된 '치명적 러브'가 개봉되면 상당수의 여성 팬을 확보할 수 있을 것이다.

"어서 팬들을 조련해야겠군요."

"에엥?"

그의 입에서 나오니 뭔가 어울리지 않는 느낌이 든다.

"스타의 기본 아니겠습니까? 밀당하면서 팬들을 안달 나게 해야겠죠."

"그, 그렇지."

"조금 위험하긴 하지만 SNS 운영도 생각해 보시는 편이 좋겠습니다."

공식 팬클럽을 창단하고 팬카페에 정기적으로 글을 남기고……

적극적인 팬 조련이 필요하다는 말을 무미건조하게 늘어놓는 매니저였다.

태웅은 머리가 아파왔다.

굳이 그런 걸 해야 하나?

전생에서 그는 팬 관리 따위는 전혀 해본 적이 없었다.

유능한 매니저이자 비서이던 엘런에게 다 일임하고 남들이 뭐라고 하든 제멋대로 살았다.

그럼에도 그에게 죽고 못 사는 팬들이 수두룩했다.

'하긴, 그땐 할리우드 톱스타였으니……'

하지만 SNS는 본능적인 거부감이 들었다.

그가 좋아하던 축구팀 맨체스터 유나이티드 감독 퍼거슨이 남긴 명언이 있다.

'SNS는 인생의 낭비다.'

말 한 번 잘못했다가 망하는 건 한국이나 할리우드나 마찬가지다.

따로 운영하는 담당자를 둔다고 해도 담당자가 말실수를
해버리면 역시나 문제가 생긴다.

"성격에 안 맞으시면 제가 운영할까요?"

"고 매니저가? SNS를?"

"맡기신다면 실수 없도록 하겠습니다."

　얼핏 생각해도 상상이 되지 않는다.

　그가 담당한다면 왠지 로봇이 운영하는 계정이라는 소리를
들을 수도 있을 것 같았다.

"아, 아니야. 일단은 내가 생각을 좀 해볼게."

　태웅은 식은땀을 흘리며 커피를 홀짝거렸다.

　차라리 동생에게 맡기고 말지.

＊　　　＊　　　＊

　촬영은 순조롭게 이어졌다.

　어느 정도 수용소 촬영분이 마무리된 시점에서 배준화 감
독은 태웅의 컨디션을 면밀하게 점검했다.

"쉬운 것만 다 끝났다고 보면 돼. 아직 메인이벤트는 시작도
안 했어. 알지?"

　그의 말에 태웅은 고개를 끄덕였다.

　앞으로는 본격적인 극한 촬영이 시작된다.

수용소를 탈출해 허허벌판의 만주로 들어선 주인공 결심.

유일한 동료인 우협과 동행하지만, 가혹하게 몰아치는 추위와 배고픔으로 인해 기진맥진한다.

식량을 구할 수 없자 광기에 사로잡힌 우협은 결심을 죽이려 덤벼들고, 두 사람은 치열한 몸싸움을 벌인다.

생존을 위해 상대방을 먹어치우려는 우협.

그리고 우협의 광기를 힘겹게 막아내며 그를 설득하는 결심.

마침내 힘이 다한 우협은 탈진해 쓰러지고 그를 사로잡은 광기도 사라진다.

"미안… 하네. 내가 한 짓을 부디 용서해 줘."

"아닙니다. 어서 정신 차리세요. 고향으로… 고향으로 돌아가야지요."

"아니야. 난 틀렸어. 내 마지막으로 부탁이… 있네."

"안 됩니다. 포기하면 안 돼요, 형님."

"내가… 내가 죽으면 나를 먹게. 그래야 내 죄가……."

"그게 무슨 소리예요? 그런 말 마시고 어서 정신 차리세요!"

하지만 우협은 이내 숨을 거두고 만다.

물을 마시지 못해 눈물조차 나오지 않는 결심은 그의 시신을 짐승들이 해하지 못하도록 바위틈에 잘 안치한 후 다시 길을 떠난다.

"오케이! 바로 그거야, 태웅 씨!"

감독이 흡족한 듯 고개를 끄덕였다.

뜨거운 감정이 넘치다 못해 뚝뚝 흐를 듯한 연기.

그것이 바로 배준화 감독이 태웅에게 기대한 모습이었다.

이전의 작품에서 한 치의 오차도 없는 깔끔한 연기와 천재적인 애드리브를 보여줬다면, 이번에는 정통파 연기를 통해 관객들에게 감동을 줄 수 있을 것이다.

'역시 내 안목이 틀리지 않았어. 김태웅은 연기 천재야.'

아니, 그런 표현도 정확하지 않았다.

천재적인 재능으로 연기하는 느낌이라기보다 연기 경력이 수십 년 되는 노련한 베테랑 연기자가 배역과 한 몸이 되어 소화해 내는 느낌이다.

하지만 그는 곧 더 큰 시련을 맞닥뜨릴 것이다.

어지간한 대배우도 소화하기 어려운 극한 환경에서의 연기.

강인한 체력과 정신력이 받쳐주지 않으면 제아무리 대가라도 자신의 능력을 백 퍼센트 발휘할 수 없었다.

촬영장의 기대와 관심은 오직 주연배우 태웅에게 쏠리고 있었다.

'죄다 나만 바라보고 있군. 정말 오랜만이야.'

익숙하다 못해 지겨울 정도다.

하지만 현생에서는 처음 느끼는 분위기다.

'슬슬 달아오르는데?'

혼자서 영화를 이끌어가는 이 느낌, 나쁘지 않았다.

"잠깐 쉬고 다음 신 갑시다!"

감독의 말에 현장 사람들이 잠시 한숨 돌렸다.

주인공 결심이 혼자서 방황하며 허허벌판을 떠돌았다.

밤이면 늑대 울음소리가 들려오고 어둠이 온 세상을 검게 물들였다.

간신히 몸을 숨길 수 있는 곳을 찾아내어 웅크리고 잠들었다가 깨어나면 다시 황야를 걷는 것을 반복했다.

연기를 하는 태웅조차 몸과 마음이 피폐해질 만큼 주인공이 처한 상황은 처절했다.

결심의 상태를 제대로 구현하기 위해 태웅은 일부러 며칠 동안 단식을 했다.

물도 입에 대지 않아 피부는 푸석해졌고 눈빛은 시체처럼 퀭해졌다.

그의 연기에 지켜보던 사람들이 숙연해질 정도였다.

태선은 몇 번이나 오빠의 연기를 지켜보다가 울먹거리며 자리를 뜨곤 했다.

모든 사람의 걱정에도 불구하고 태웅은 도리어 살아 있는 기분을 느꼈다.

　오랫동안 잊고 있던 연기에 대한 치열한 열정이 되살아나고
있었다.

　'그래, 바로 이거야! 이거라고!'

S# 3
알고 보니 그 소녀

후속 촬영을 앞두고 마침 눈이 내렸다.

덕분에 촬영은 잠시 중단이 되었고, 태웅은 며칠 동안의 휴식 시간을 가질 수 있었다.

'그래도 너무 길어지면 곤란한데…….'

어차피 배역을 소화하기 위해 음식을 거의 입에 대지 않고 있는 그의 입장에서는 휴식이 휴식이 아니었다.

숙소에서 쉬고 있는데 누군가 그의 방문을 두드렸다.

문을 여니 강지나가 서 있었다.

"지나 씨, 무슨 일이시죠?"

태웅은 반가운 기색으로 물었다.

그러고 보니 이곳에 와서 그녀와 제대로 이야기를 나눈 적이 없었다.

"저 내일이면 다시 한국으로 가요. 그래서 인사나 드릴까 하고 왔어요."

"벌써요?"

그렇게 말하긴 했지만 사실 그녀가 촬영장에 꽤 오래 머물긴 했다.

소속 연예인의 해외 로케에 대표인 그녀가 따라와 오랜 시간 함께 있다는 게 조금 특이한 경우였으니까.

"회사 일도 봐야 하고 챙길 게 많아서요. 지금까지 버틴 것도 사실 조금 무리였어요."

"그렇겠네요. 대표님이시니까."

"시간 되시면 가기 전에 같이 식사나 하실래요?"

태웅은 그녀의 제안에 흔쾌히 응했다.

"물론이에요. 이 근처에 딱히 맛있는 데가 없어 보이긴 하지만……."

"제가 좋은 데 알아요. 걱정 마세요."

어떻게 이런 곳의 맛집까지 아는 걸까?

태웅은 내심 감탄했다.

"어이, 고 매니저! 나 강 대표님이랑 밥 좀 먹고 올게!"

"네? 갑자기 어디 가십니까?"

마침 고서윤이 욕실에서 씻고 있던 중이라 태웅은 재빨리 외투를 걸친 후 밖으로 나왔다.

"빨리 가요. 저 자식, 완전 찰거머리라고요."

"호호호, 매니저한테서 이렇게 도망치는 배우가 어딨어요?"

"아주 스토커가 따로 없다니까요. 빨리 안 튀면 터미네이터에 나온 악당 사이보그처럼 쫓아올 겁니다."

강지나는 깔깔 웃으며 재밌어했다.

숙소를 빠져나와 강지나의 차로 근처 식당으로 이동했다.

"여기 양 꼬치를 아주 맛있게 하는 집이 있어요. 예전에 아버지랑 와본 적이 있는데 정말 끝내줘요."

그녀가 추천한 식당은 겉은 허름했지만 내부는 나름 깔끔하고 주인장의 인상 또한 좋았다.

현지인 손님도 꽤 많아서 와자지껄한 소리가 울려 퍼졌다.

"지나 씨 덕분에 이런 데도 다 와보네요."

"후훗, 나중에 저도 좋은 데 데려다 주세요."

빙긋 웃는 그녀의 얼굴이 보름달처럼 희고 고왔다.

"그동안 많이 바빠서 제대로 얘기도 못 한 게 아쉬워서 식사하자고 했어요."

양 꼬치와 청주를 시킨 후 태웅은 그녀의 얼굴을 빤히 바라보았다.

"제 얼굴에 뭐 묻었어요?"

"아니요. 이런 데 와서도 피부가 너무 하얘서 신기해서요."

"화장으로 떡칠했구나, 라고 생각했죠?"

"아닌데… 하하하!"

능청스럽게 말을 받는 그녀를 보고 태웅은 즐거운 기분이
되었다.

"그런데 아버지가 자유로운 분이신가 보네요. 지나 씨를 데
리고 이런 데도 다 오시고."

"원래 한량이세요. 세계 여행 다니는 걸 좋아하셔서 어린
저를 데리고 여기저기 많이 돌아다녔어요. 덕분에 좋은 경험
도 많이 했고……."

"아하!"

뜻밖이었다.

그녀 같은 재벌가의 손녀가 세계 곳곳을 아버지의 손에 끌
려 다녔다니.

게다가 얘길 들어보니 으리으리한 지역이 아니라 위험한 오
지나 낙후된 지역 위주로 다녔다.

"아버지는 조금 특이한 분이어서 일찌감치 할아버지 눈 밖
에 났어요. 그 대신 자유를 찾았죠."

"그럼 동생분도 같이 여행을?"

"창구는 어릴 때 어머니랑 주로 함께 지냈어요. 두 분이 따
로 사신 적이 있거든요."

그녀의 말에서 그늘이 느껴졌다.

태웅은 더 자세히 물으려다가 실례인 것 같아서 그만두었
다.

그녀 역시 별로 얘기를 하고 싶지 않은 부분인 듯했다.

"창구 씨는 요즘 잘 지내죠?"

"그럼요. 새 영화 준비하고 있어요."

"무슨 영화에 출연하는지 물어봐도 돼요?"

"그럼요. 새 영화에서 자그마치 주인공을 맡았어요. 태웅 씨처럼."

"오오! 그거 참 잘됐네요!"

태웅은 내심 웃음이 났지만 그녀의 장단에 맞장구쳐 주었다.

이미 '청춘은 맛있어!'에서 주연을 맡긴 했지만 그건 어디까지나 케이블의 젊은 층을 겨냥한 트렌디 드라마였다.

이번에는 정극 영화의 주연을 맡았다는 점에서 그 무게가 달랐다.

"영화 제목이 뭐예요?"

"'나쁜 배우'라고 해요. 멋지죠?"

"하아!"

왠지 주연배우와 잘 어울리는 영화 제목이다.

"내용이 뭔데요?"

"그냥 철없는 양아치가 어떻게 배우가 되어서 승승장구하고, 그러다가 파멸하는 내용이에요."

"아항!"

딱히 특별할 것 없는 내용이라서 태웅은 의아했다.

그런 영화 주연을 시키기 위해 꽤 오랜 기간 휴식기를 가지게 할 강지나가 아니었기 때문이다.

"감독이 누군지 알면 놀라실걸요?"

"누군데요?"

"정홍 감독이요."

그 말에 태웅은 적지 않게 놀랐다.

"정말 정홍 감독이 돌아온 거예요?"

"네. 정말 오랜만의 신작이에요. 한 10년 만인가?"

단 두 편의 영화로 일약 충무로의 유명 감독으로 떠올랐던 정홍.

그는 무슨 이유에서인지 이후 잠적하다시피 사라져 버렸고, 영화계에서는 그에 대한 숱한 소문이 나돌았다.

하지만 그의 행방을 아는 사람도, 들려오는 소식도 없어서 어느새 대중의 관심에서 잊혀가고 있던 감독이다.

그런 그가 갑자기 복귀하여 새 영화를 찍는다?

"정말 흥미롭네요."

"그죠? 감독님이 오랜 시간 준비한 영화라고 해서 다들 기대가 커요. 그래서 창구도 출연을 결정한 거고요."

이번에는 강창구도 제대로 이미지를 잡으려는 것 같았다.

아이돌과 신인 배우라는 딱지를 벗고 굵직한 정극 연기를 통해 확실하게 배우로 자리 잡으려는 듯한 느낌이다.

"태웅 씨보다 뜨게 만들 거예요. 기대하셔도 좋아요."

"전 환영입니다. 하하하! 그럼 또 창구 씨랑 영화나 한 편 찍어야죠."

당사자가 들으면 기겁할 말을 꺼낸 그는 잘 구워진 양 꼬치를 입에 넣어 맛을 보았다.

"진짜 맛있네요!"

절로 탄성이 나올 만큼 멋진 맛이었다.

그의 반응에 강지나의 얼굴이 약간 상기되었다.

"맛있죠? 그렇게 말해주니까 여기 데려온 보람이 있네요. 후후."

기분이 좋아진 두 사람은 술잔을 부딪쳤다.

"사실 창구가 태웅 씨 반만큼만 연기를 해도 소원이 없겠어요."

"과찬이십니다."

"겸손하시기는… 이번에도 촬영 지켜보면서 얼마나 놀랐는지 알아요?"

"왜요?"

태웅은 그녀의 말에 쑥스러워졌다.

다른 사람이라면 모르겠지만 그녀가 이렇게 대놓고 칭찬을 하니 은근히 민망했다.

"이렇게 선 굵은 영화의 주연배우 역할을 어떻게 그렇게 잘 소화하는지 기가 막혔다고요. 배역을 위해서 일부러 단식도 했다고 했죠?"

"그거야 저만 그런 게 아니고 대개 다 그렇게 하지 않나요?"

"그렇다고 그게 쉬운 건 아니잖아요? 그것뿐이 아니라 앞으로 찍을 험한 장면도 다 직접 촬영하신다면서요. 스턴트 없이."

태웅은 위험한 장면도 반드시 직접 찍겠다고 감독과 스태프들에게 강조했다.

충분히 소화할 자신이 있기도 했고, 자기 때문에 다른 이들이 위험한 장면을 찍게 하는 것은 도리가 아니라고 생각했기 때문이다.

흔히들 사람들은 스턴트맨이 당연히 위험한 장면을 촬영하는 데 익숙하고 두려움도 없을 것이라고 여긴다.

하지만 스턴트맨 역시 사람이고 똑같이 두려워하고 똑같이 실수하고 똑같이 다친다.

위험한 촬영을 감수하지만 위험해져야 한다는 법은 없다.

"저 때문에 누군가 다치는 건 원치 않습니다."

"멋져요. 하지만 걱정도 되네요. 절대 다치지 마세요."

"그럼요. 전 스턴트맨 출신입니다. 그리고 타고난 운동신경도 있고요. 지치지 않는 강철 체력도 겸비했습니다. 가히 인간 병기라고 할 수 있죠."

"호호호, 무슨 자기 입으로 그런 소리를……"

그녀는 매우 즐거운 듯 술잔을 입으로 가져갔다.

"그런데 태웅 씨 연기 보면 생각나는 사람이 있어요."

흥이 오른 그녀의 말투가 다소 풀어져 있었다.

태웅은 흥미 있다는 듯 물었다.

"그게 누군데요?"

"라이더 베스. 할리우드 최고의 배우."

그 말에 태웅은 들고 있던 술잔을 떨어뜨렸다.

"어머! 괜찮아요?"

깜짝 놀란 그녀가 걱정스러운 듯 말했다.

태웅은 황망히 술잔을 집어 들었다.

다행히 깨지지는 않았다.

"손에 땀이 나서 미끄러졌어요. 괜찮습니다."

대충 둘러대긴 했지만 태웅의 등에는 식은땀이 흘렀다.

'뭐야? 이 여자, 신기가 있나?'

다시 생각해 보니 사실 대수로운 일은 아니다.

전생의 자신은 세계적인 톱스타로 전 세계 각국에 엄청난 팬을 보유하고 있었다.

게다가 강지나의 경우 어린 시절을 주로 미국을 비롯한 해외에서 보냈고 할리우드에서 일한 경험까지 있다고 했다.

예전 자신의 팬이었다면 지금의 연기를 보며 자기가 좋아하던 스타를 떠올리는 것은 그리 희귀한 일이 아니었다.

"정말 팬이셨나 봐요."

"그럼요. 학창 시절에는 방 안에 온통 라이더 베스 브로마이드로 가득했다니까요. 그리고 할리우드에서 에이전시 일을 할 때는 먼발치에서 몇 번 보기도 했어요. 그 사람은 절 못 봤겠지만……."

"할리우드에서 일한 적이 있어요?"

"네, 아버지가 작은 기획사를 운영한 적이 있어요. 배우 몇 명이랑 모델들 모아서 에이전시 비슷한 걸 했죠. 거기서 일했어요."

그녀의 얼굴을 유심히 보던 태웅이 물었다.

"혹시 미국 이름이?"

"엘리요. 엘리 강. 왜요?"

그녀의 대답을 듣는 순간 태웅은 자기도 모르게 작게 탄성을 내뱉었다.

그녀의 생각과는 달리 그는 그녀를 본 적이 있었다.

'정말 희한한 우연도 다 있군.'

그녀가 자신의 팬이었을 줄은 몰랐다.

이렇게 다시 만난 것도 어떻게 보면 참으로 신기한 인연이었다.

"그냥 궁금해서요. 어떤 이름이 어울릴까 생각하고 있었는데 엘리라… 지나 씨와 잘 어울리는 것 같네요."

대충 얼버무린 그는 은근슬쩍 화제를 돌렸다.

"그런데 그 라이더 베스라는 배우, 얼마 전에……."

"네, 죽었어요. 얼마 전은 아니고 벌써 꽤 됐죠."

그녀가 쓸쓸하게 말했다.

눈빛이나 표정을 보니 아직까지도 상심이 큰 듯했다.

"안타깝네요. 그런 대단한 배우가 죽다니. 그것도 그렇게 젊은 나이에……."

"정말 아까워요. 진심으로요."

태웅은 그녀를 다시 한번 훑어보았다.

엘리 강.

스쳐 지나가듯 본 소녀.

이렇게 훌륭하게 컸을 줄이야.

태웅은 흐뭇한 마음으로 그녀와 술잔을 기울였다.

그가 목숨을 구한 소녀가 이렇게 커서 환생한 자신과 마주 앉아 있다.

*　　　*　　　*

새 영화의 촬영지로 향하는 차 안, 메이린은 있는 대로 짜증을 부렸다.

"꼭 이런 곳에서 영화를 찍어야 하는 거야? 도저히 이해가 되지 않아."

매니저 하오룽이 그녀가 좋아하는 초콜릿을 갖다 바치며 달랬지만, 여전히 그녀는 불평불만을 쏟아내고 있었다.

"도대체 대표 아저씨는 무슨 생각인 거야? 한중 합작 영화라곤 해도 상대는 신인 배우잖아? 이런 걸로 내 지명도가 더 높아지겠어?"

"그 배준화라는 감독이 꽤 거장이랍니다. 게다가 이번 영화는 칸에 출품할 거라는 얘기도 있고요. 그러니까 눈 딱 감고 열심히……."

"몰라! 가서 힘들고 춥고 배고프게 하면 바로 아빠한테 전화할 거야. 말리지 마."

하오룽은 낮게 한숨을 내쉬었다.

메이린의 아버지 차오웨이는 삼합회 사청방(寺青幫)의 간부로, 하오룽은 그의 수하였다.

딸이 연예계에 진출하자 차오웨이는 믿음직한 부하이자 꼼꼼하고 세심한 성격의 하오룽에게 전담 매니저를 맡도록 했다.

험한 일도 마다하지 않고, 회칼을 든 수십 명의 적대 조직에게 둘러싸여도 기죽지 않는 하오룽이었지만, 메이린의 매니저를 하면서 그는 지금껏 겪어본 적 없는 난처한 일들을 맞닥뜨리게 되었다.

철없는 막무가내 계집아이의 뒤치다꺼리를 한다는 게 이렇게 힘들 줄이야…….

시도 때도 없이 돌변하는 그녀의 기분을 맞춰주기 위해 그는 허구한 날 진땀을 빼야 했다.

'부디 아무 일도 없어라.'

듣기로는 촬영 현장에 강추위가 불어닥치고 있다고 했다.

그녀를 제대로 보필하지 못하면 그가 모시는 어르신의 전화통에 불이 날 것이 뻔했다.

물론 차오웨이는 사리 분별을 못하는 성격은 아니었으나, 워낙 딸에 대한 사랑이 극진했기에 어떻게 나올지 모른다.

식은땀을 흘리던 그는 갑자기 차 안이 조용해진 것을 느끼고 뒤를 돌아보았다.

방금 전까지 난리를 치던 메이린이 마치 총이라도 맞은 듯 쿨쿨 잠자고 있었다.

'이렇게 잠이나 자면 얼마나 예뻐?'

*　　　*　　　*

촬영 현장에 도착한 메이린으로 인해 한바탕 소란스러워졌다.

그녀의 매니저를 포함해 코디와 메이크업 담당, 헤어 담당까지 일개 사단이 움직이고 있었다.

검은 정장을 입은 싸늘한 인상의 남자가 매니저라고 했는데, 척 보기에도 평범한 사람이 아니었다.

"아무래도 소문이 진짜 같지?"

"앞으로 조심해야겠다. 쥐도 새도 모르게 죽고 싶지 않으면."

현장의 배우와 스태프들은 그녀와 주변인들에게서 풍기는

심상찮은 분위기를 감지하곤 긴장했다.

"감독님도 조심하세요. 연기 지적 같은 거 함부로 하시면 안 돼요."

"허허허, 이 사람들 참, 나를 뭐로 보고 그래? 배우가 누구든 아버지가 뭐 하는 사람이든 무슨 상관이야? 감독으로서 연기에 대해서는 따끔하게 지적할 수도 있는 거지."

배준화 감독은 캔 커피를 입으로 가져가며 스태프들의 말에 껄껄 웃었다.

곁에 있던 조감독이 그에게 귓속말을 했다.

"감독님, 손 떨고 계시는데요."

"아, 이거? 수전증이야."

"수전증 있으시다는 말은 처음 듣는데……."

"어허, 이 사람 참. 왜 이렇게 사람 말을 못 믿어? 내가 요즘 저혈당이라 그래."

감독은 흘린 커피로 흠뻑 젖은 손을 휴지로 닦고는 슬그머니 어딘가로 가버렸다.

태웅은 그녀를 보고 앞으로 피곤해지겠다는 생각이 들었다.

얼핏 보기에도 보통 응석받이가 아니었다.

옆에 있는 남자는 점잖은 듯하면서도 간간이 뿜어져 나오는 살기가 단순한 매니저가 아님을 느끼게 했다.

'삼합회 조직원인가 보다. 조심해야지.'

느껴지는 분위기가 지금까지 상대한 한국의 조직원들과는 달랐다.

유지니도 은근히 긴장했는지 표정이 굳어 있었다.

"이럴 때 대표님이 있으면 좋을 텐데."

그녀가 나직하게 중얼거렸다.

연을 맺은 지 그리 오래되지 않은 사람이지만 이미 그녀는 강지나 대표에게 절대적인 신뢰를 가지고 있었다.

어제 비행기로 한국으로 떠나 버린 그녀가 벌써부터 그리울 지경이다.

"그런데 여기 감독님 어디 갔어요?"

메이린이 대뜸 가까이 있는 사람에게 물었지만, 중국 말을 몰라서인지 대답하는 사람이 없었다.

"조금만 기다리세요. 잠깐 볼일 보러 가신 것 같으니까."

태웅이 대신 나서서 말했다.

그녀는 태웅을 힐끔 보더니 말했다.

"중국어 할 줄 아네요? 이름이 뭐예요?"

"김태웅입니다."

"아! 그쪽이 김태웅이구나? 그리고 보니 얼굴이 맞네."

그녀는 주변을 둘러보곤 한숨을 푹 쉬며 말했다.

"여기 들어가 있을 데 좀 없어요? 인간적으로 너무 춥잖아?"

태웅은 어깨를 으쓱해 보였다.

"야외라서 딱히 없네요. 추우면 차에 들어가 있는 게 나을 걸요."

그의 말에 그녀는 심통이 났는지 볼을 부풀렸다.

"안에 있으면 답답한데. 밖에서 쓰는 히터라도 좀 갖다 줘요."

태웅은 어이가 없었다.

자기는 스태프도 아니고 상대 배우인데 보자마자 떼를 쓰고 있다.

'얘는 통역도 안 데리고 왔나?'

말이 통하는 사람이 당장 자기뿐이다 보니 어쩔 수 없겠다 싶어 그는 스태프들에게 말해서 야외에서 쓰는 가스히터를 갖다 주었다.

"제가 하겠으니 직접 상대하지 마시죠."

고서윤이 태웅을 만류했다.

"왜? 재밌구먼."

"상대하면 피곤해질 타입입니다. 게다가 좀 위험한 느낌이 드네요."

그 역시 그녀 주위를 둘러싸고 있는 사람들에게서 심상찮은 느낌을 받은 듯했다.

"뭐 별일이야 있겠어? 그냥 어린 여배우일 뿐인데."

"그러시다면야……."

그렇게 말하면서도 그는 여전히 경계심 가득한 눈으로 메이런 쪽 사람들을 살폈다.

                    *   *   *

  하오룽은 자신을 바라보는 날카로운 시선을 느끼곤 고개를
들었다.
  상대 배우인 듯한 남자의 옆에 서 있는 차가운 인상의 남자
가 눈에 들어왔다.
  한눈에도 예사롭지 않은 남자였다.
  자신과 같은 부류의 사람들이 풍기는 위험한 냄새가 나서
그조차도 긴장이 되었다.
  '이런 곳에 저런 남자가 있다니 의외로군. 샌님들만 있을 줄
알았더니……'
  저 반반하게 생긴 상대 남자 배우는 이 영화의 주인공인 김
태웅이라고 했다.
  미리 파악해 본 바에 따르면 아직 경력은 많지 않지만 한국
에서 한창 뜨고 있는 배우였다.
  그도 재밌게 시청하는 프로그램 '유스 곤 와일드' 시즌2에
출연한다고 알려져 있었다.
  얼마 전에는 국민적인 인기를 끌고 있는 예능 프로그램 '런
닝프렌즈'에 출연하여 놀라운 신체 능력을 선보였다.
  그 역시 자신 못지않은 위험한 발톱을 숨기고 있는 남자였다.

'이런 곳에서 만만찮은 적수를 둘이나… 정신 똑바로 차려야겠다.'

누가 본다면 영화 촬영장이 아니라 싸움터로 볼 정도로 보이지 않는 신경전이 벌어지고 있었다.

"오! 메이린 양인가? 반가워요! 여기까지 오느라 힘들었죠? 하하하!"

한참 후에야 나타난 배준화 감독이 메이린을 향해 아무렇지 않은 척 너스레를 떨었다.

"아저씨가 감독님이에요?"

뒤늦게 촬영장에 나타난 통역사가 메이린과 감독 사이에서 둘의 대화를 통역했다.

"하하, 아저씨라니, 아직 오빠라는 소리 자주 듣는데. 어쨌든 내가 바로 배준화 감독이에요."

시답잖은 소리를 지껄이며 감독이 자기소개를 했다.

"여기 너무 추워요. 나랑 같이 온 사람들 머물 곳도 필요하고요, 간식이랑 음료수 같은 건 준비돼 있나요?"

"그럼. 그 정도야 기본이지."

한창 중국에서 주가를 올리고 있는 국민 여동생이기에 제작진은 그녀에 대해 많은 배려를 했다.

전담 통역사가 붙었고 그 외 요구 사항을 처리해 줄 스태프도 준비했다.

그녀와 동행한 사람들에게 손난로와 담요, 방한복과 따뜻한 차 같은 물품도 지급됐다.

'케어가 들어가니 좀 조용해지네.'

그제야 메이린은 촬영 준비를 하기 시작했다.

시골 처녀 복장으로 갈아입고 분장까지 하고 나온 그녀는 촬영 캠프 한구석에 마련해 준 자리에 앉아 대본을 읽었다.

발목까지 덮는 두툼한 파카를 입고 히터 앞에 앉아서 핫초코를 홀짝이고 있는 모습이 영락없는 부잣집 막내딸 같았다.

만주에서 만난 독립군과 헤어진 주인공 결심은 눈으로 뒤덮인 설산을 지나게 되고, 죽음의 위기에 봉착한다.

그때 산속에 고립된 마을을 발견하게 되는데, 바로 그곳에 살고 있는 소녀 밍밍이 바로 메이린이 맡은 역이었다.

순수하고 마음이 따뜻한 처녀 밍밍은 지쳐 쓰러진 결심을 구조하여 자신의 집으로 데리고 온다.

전쟁을 피해 산으로 숨어 들어온 마을 사람들은 외지인인 결심을 내치려 하고, 밍밍은 그의 아버지를 설득해 마을 사람들의 반대에도 불구하고 다 죽어가는 결심이 회복될 때까지 보살핀다.

그녀의 도움으로 간신히 살아난 결심은 밍밍과 함께 지내면서 그녀의 순수함에 물들어간다.

마을에서 같이 살길 원하는 그녀의 바람에도 그는 결국 다시 떠날 결심을 하고……

언젠가 다시 찾아오겠다는 말을 남기고 결심은 마을을 떠나 남쪽으로 향한다.

그리 오래 나오거나 이야기에서 중대한 영향을 미치는 역할은 아니지만, 죽을 뻔한 주인공을 구해주는 순수하고 아름다운 소녀로 관객들에게 깊은 인상을 주는 캐릭터였다.

"밍밍은 사막에 핀 한 떨기 꽃과 같은 캐릭터야. 척박한 자연환경과 지독한 인간들에 지친 주인공의 마음을 정화해 주는 상징적인 존재. 어떻게 보면 이 영화에서 가장 아름다운 캐릭터지."

배준화 감독이 침을 튀기며 밍밍이라는 인물에 대해 설명했다.

태웅은 기계적으로 고개를 끄덕였고, 메이린은 의외로 진지하게 그 얘기를 듣고 있었다.

'그래도 배우는 배우인가 보군.'

그의 생각처럼 메이린은 요구 사항이 충족되자 징징거림을 멈추고 대본에 몰입하고 있었다.

감독에게 이것저것 묻는 것으로 보아 연기에 대한 열정은 있는 것 같았다.

'하긴 괜히 대륙의 국민 여동생이 된 건 아니겠지.'

귀티가 나면서도 깜찍한 외모만으로 그녀가 인기를 얻고 있는 것은 아니었다.

나름 연기력도 좋은 평을 얻고 있었고, 솔직하고 꾸밈없는 매력도 있었다.

실생활에서 어마어마한 불평불만을 달고 사는 게 문제였지 만……

"그런데 태웅 아저씨, 이런 위험한 거 다 직접 한다는 게 사실이에요?"

메이린이 대본의 한 장면을 가리키며 물었다.

대뜸 아저씨라고 부르는 그녀의 말이 못마땅했지만 나이 차이가 꽤 나긴 했다.

"네, 저 스턴트맨 출신이에요."

"아무리 그래도 위험할 텐데. 아저씨가 죽기라도 하면 영화 못 찍잖아요?"

"안 죽어요."

"그걸 어떻게 자신해요? 무슨 아이언맨이에요? 웃긴다."

메이린은 어이없다는 듯 입을 삐쭉 내밀었다.

그 모습이 귀엽기 짝이 없어서 지켜보던 남자 스태프들이 흐뭇한 미소를 지었다.

삼합회 간부의 딸에 짜증 백단의 여배우라는 사실을 잊게 만들 정도였다.

"아이언맨은 가상의 인물이지만 강철 체력 김태웅은 진짜 죠. 하하하!"

이상하게 마음이 풀어진 태웅이 너스레를 떨었다.

왠지 마음의 경계를 풀게 만드는 매력이 있는 아가씨다.

산악 촬영을 할 멤버를 추린 감독이 태웅에게 다가와 어깨를 두드렸다.

"그럼 태웅 씨, 준비됐지?"

"네, 물론입니다!"

"저도 동행하겠습니다."

어느새 방한복과 체인을 걸친 방한화까지 완벽하게 차려입은 고서윤을 본 태웅은 어처구니가 없었다.

"넌 그냥 여기서 쉬고 있어. 왜 위험한 데를 따라오려고 그래?"

"배우가 가는 곳은 어디든 따라가는 게 매니저가 할 일 아니겠습니까?"

"안 그래도 되거든?"

"어제 절 놓고 가셨으니 오늘은 꼭 가야겠습니다만."

어쩐지 가시가 돋친 말이다.

몰래 고서윤을 따돌린 어제 일 때문에 왠지 그에게 미안해진 태웅이다.

"어디 빠지거나 떨어져도 안 도와준다?"

"물론입니다. 제 몸은 제가 챙깁니다."

감독조차도 막지 못한 고집이기에 결국 태웅은 그의 동행을 허락했다.

척박한 들판을 지나 설산을 앞에 두고 주인공 결심은 넋을 잃는다.

대자연이 만들어낸 웅장한 광경이 그에게 숙연한 기분까지 들게 했다.

'살기 위해선 남쪽으로 가라'는 독립군의 말을 기억해 낸 그는 먼 길을 우회하지 않고 산을 가로지르는 방법을 택한다.

하지만 그는 이내 후회하게 된다.

대자연의 무서움을 너무 얕본 것이다.

"눈이 너무 쌓였어. 얼어붙은 것보다는 낫겠지만 조심 또 조심해야 해."

촬영감독을 비롯해 미리 산길을 점검한 스태프들이 태웅에게 당부했다.

위험한 촬영인지라 산길 촬영은 꼭 필요한 인원만 가기로 했다.

모두 방한복을 챙겨 입고 완벽하게 대비를 마쳤지만 감독은 불안한지 다시 한번 인원의 복장과 컨디션을 점검했다.

"사고란 건 한순간이야. 모두 정신 똑바로 차려. 알았어?"

다들 긴장한 기색이었다.

태웅 역시 수많은 산행과 오지에서의 경험을 통해 알고 있었다.

이런 곳에서는 아차 하는 사이에 작은 실수가 큰 사고로 이어진다.

태웅과 카메라맨들, 그리고 감독과 조감독이 험난한 설산에서의 촬영을 시작했다.

'잘 챙겨야겠군.'

태웅은 이미 생존 전문가로서의 능력이 80퍼센트에 육박하고 있었고, 무한 체력과 운동신경까지 보유한 상태였다.

두껍게 쌓인 눈밭에 발이 푹푹 빠지는 스태프들을 일일이 챙기며 그는 주인공 결심이 산에 오르는 연기를 혼신의 힘을 다해 펼쳤다.

나뭇가지 하나와 생존에 필요한 물품이 든 가죽 꾸러미 하나를 짊어진 채 그는 가파른 산길을 재촉한다.

갑작스럽게 떨어지는 눈덩이와 바위로 인해 아슬아슬한 위기를 넘긴다.

빙벽을 작은 단검 하나로 찍어 오르기도 했고, 산양처럼 바위와 바위 사이를 뛰어넘기도 했다.

"태웅 씨, 대단하네. 저 정도면 완전 산악인 수준인데?"

"그러게. 우리도 산악 훈련을 했는데 게임이 안 되네."

스태프들 사이에서 감탄이 터져 나왔다.

잦은 단식으로 인해 기력이 충분하지 않을 텐데도 저 신인 배우는 숨 한 번 몰아쉬지 않았다.

에너자이저 같은 체력과 활동량, 그리고 산짐승과 같은 날렵함까지 갖췄다.

게다가 어려움에 빠진 스태프들의 손을 잡아 끌어주는 등 세심한 배려까지 보여주고 있었다.

'정말 멋진 배우야!'

함께 촬영하는 모든 사람들이 태웅에게 빠져들고 있었다.

*　　　　*　　　　*

눈 덮인 산길을 헤쳐 나가는 태웅의 1차 촬영이 마무리되었다.

산속에 있는 밍밍의 마을을 발견한 주인공 결심이 지쳐 쓰러지는 장면까지 촬영을 마친 태웅은 한숨을 쉬며 주저앉았다.

무한 체력을 가지고 있다곤 해도 여간 힘든 일이 아니었다.

"태웅 씨, 괜찮아?"

"그럼요. 문제없습니다."

배준화 감독의 질문에 태웅은 끄떡없다는 듯 허세를 부렸다.

하지만 그로서도 만만찮은 촬영이었다.

다행히 이제부터는 한동안 산속에 지은 세트장에서 촬영하기에 추위를 피하며 휴식을 취할 수 있었다.

비포장도로도 연결되어 있어 차로도 외부에서 진입할 수 있는 곳이었다.

촬영 캠프가 마을 세트장에 꾸려졌고, 다음 날부터 메이린이 가세하는 촬영이 시작된다.

"고생 많으셨습니다."

"오빠, 괜찮아?"

고서윤과 태선이 촬영을 마친 태웅의 뒤치다꺼리를 했다.

매사 똑 부러진 둘이 챙겨주나 확실히 많은 도움이 되었다.

"너희들 몸이나 잘 간수해. 그리고 태선이 너는 최대한 편한 곳에 있어."

"여기 편한 데가 어딨냐? 나 튼튼하니까 걱정 접어두셔."

그녀의 말대로 촬영 자체가 극기 훈련이나 다름없었다.

충분한 예산과 인원이 확보된 촬영이었지만 그럼에도 힘든 것은 어쩔 수 없었다.

휴식을 취한 후 다음 날 촬영을 위한 대본 리딩 시간이 마련됐다.

호흡을 맞춰보지 않은 메이린과 다른 배우들을 위한 자리였다.

마을 사람들 역할은 중국 배우들이 많았기에 메이린과의 의사소통이나 대사 전달에 어려움이 없었다.

태웅 역시 중국어를 완벽하게 익혀 와서 수월하게 대본 리딩 시간을 마칠 수 있었다.

"잘되겠죠?"

"잘돼야지. 안 그러면 우리 여기서 겨울 내내 있어야 해."

조감독의 걱정 어린 목소리를 일축하며 배준화 감독이 스스로 다짐하듯 말했다.

정해진 스케줄 안에 촬영을 끝내야 했다.

상당한 압박감이 그의 어깨를 짓누르고 있었다.

하지만 그의 불안과 초조를 달래주는 배우, 주인공 김태웅이 있다.

연기력으로 보나 체력으로 보나 태도로 보나 모든 면에서 의지할 만한 배우였다.

이미 현장 스태프들은 이 젊은 배우에게 절대적인 신뢰를 보내고 있었다.

메이린을 옆에서 챙겨주고 있는 하오룽은 잔뜩 신경이 곤두서 있었다.

'날씨가 점점 더 안 좋아지는데.'

열악한 현장 상황을 금지옥엽으로 자란 메이린이 견뎌낼 수 있을지 미지수였다.

"하오룽."

"네, 아가씨."

"내 연기 어땠어?"

"네?"

"아까 대본 리딩하는 거 봤을 거 아냐."

"훌륭하셨습니다."

"쳇, 또 그 소리. 영혼이 하나도 없잖아."

메이린이 핀잔을 주었다.

사실 하오룽은 그녀의 매니저를 맡기 전까지는 연예계에 그다지 큰 관심이 없었다.

영화나 드라마도 즐겨 보지 않는 편이었기에 처음 매니저 생활을 할 때는 적지 않게 고생했다.

연예계와 작품들에 대해 한창 공부 중이지만 아직 배우에게 도움이 되는 조언을 하기에는 많이 부족했다.

"저 주인공 아저씨보다 돋보여야 하는데… 그래도 뭐, 난 잠깐 나와도 꽃같이 예쁘니까 눈에 잘 띄잖아? 그렇지?"

"물론입니다."

"진짜… 영혼 좀 찾아오라고!"

메이린은 툴툴거리면서 손거울을 연신 힐끔거렸다.

그녀가 말한 대로 메이린의 외모는 아직도 덜 핀 꽃 같았다.

판빙빙과 탕웨이를 섞어놓은 듯한 묘한 매력을 지니고 있었지만, 지금은 국민 여동생 이미지를 강조하다 보니 발랄함과 귀여움만 내세우고 있었다.

나이를 조금 더 먹고 본격적으로 여성미를 뽐내기 시작하면 가히 중화권의 톱 미녀가 될 가능성을 가진 얼굴이었다.

하오룽도 가끔 그녀를 보면 마음이 이상해질 때가 많았다.

물론 그 짜증과 징징거림을 받아주다 보면 그런 생각이 싹 달아나긴 하지만.

*   *   *

극 중 산간 마을은 전쟁을 피해 몰래 숨어 들어온 사람들이 만든 곳으로, 외부와는 접촉하지 않고 자급자족을 추구하는 생활신조와 규칙을 가지고 있었다.

그들 입장에서는 자신들의 존재가 밖으로 노출되면 다시 전화에 휩쓸릴 가능성이 있기에 마을로 흘러들어 온 결심의 처리에 고심했다.

감금하거나 장애인으로 만들어야 한다는 격한 의견까지 나왔지만, 촌장의 손녀인 밍밍이 그를 보호하고 있기 때문에 함부로 대하지는 못했다.

'감성 폐인 연기로군.'

탈진하여 쓰러져 병상에 누운 채 밍밍의 간호를 받아야 하는 연기이다.

지고지순하고 순수한 소녀 밍밍을 연기할 메이린은 대본에 아예 머리를 박고 있었다.

'리딩 때는 괜찮았는데 실제 연기는 어떨까나?'

그녀가 출연한 '팔대문파'를 그도 재미있게 관람했다.

주인공의 사매로 출연하여 발랄함을 뽐낸 연기는 나쁘지 않았다.

아마도 캐릭터와 원래의 성격이 비슷하기 때문에 자연스러운 연기가 나온 것 같았다.

사실 맞춤복처럼 딱 맞는 배역을 만날 경우 연기력이 형편없는 배우라고 해도 그럴듯하게 소화할 수 있다.

하지만 다른 배역을 맡게 되면 그대로 밑천이 드러나기 때문에 첫 작품의 연기로 배우를 판단하는 것은 시기상조다.

"샷 들어갑니다. 3, 2, 1··· 레디, 액션!"

병상에서 눈을 뜬 결심을 간호하는 소녀 밍밍.

그녀는 마치 상처 입은 야생동물을 다루듯 조심스럽게 결심을 대한다.

약초를 달인 물을 마시게 하고 따뜻한 물을 적신 수건으로 그의 몸을 닦아주기도 한다.

태웅은 자신의 몸 여기저기를 수건으로 닦아주는 메이린을 보며 묘한 기분을 느꼈다.

섬세한 손길과 촉촉하게 젖은 눈빛이 극중 배역에 완전히 몰입한 것 같았다.

'의외로 괜찮은데?'

발 연기를 하는 아이돌이나 백으로 데뷔한 신인 연기자들과 달랐다.

디테일이 살아 있는 연기를 펼치는 폼이 나름 재능이 있어 보였다.

"이름이… 어떻게 되나요?"

"밍밍이요."

수줍게 대답한 소녀가 호기심 가득한 눈으로 결심에게 묻는다.

"아저씨는 이름이 뭐예요?"

"결심이라고 합니다. 장결심."

"결심? 무슨 이름이 그래요?"

그녀가 재밌어하며 천진난만하게 웃는다.

"컷!"

갑자기 연기를 끊는 배준화 감독의 말에 태웅은 의아했다.

'뭐야? 연기 좋았는데 왜?'

하지만 감독은 뭔가 마음에 안 드는 부분이 있는 것 같았다.

"왜요, 감독님? 무슨 문제 있어요?"

메이린도 어리둥절한 얼굴로 묻는다.

"메이린 양, 연기가 아주 좋았어요. 다 좋았는데 그 마지막 웃음 있잖아."

"네."

"대본을 보면 '종달새가 지저귀듯 웃는다'라고 되어 있거든. 그 느낌을 좀 잘 살려줬으면 해."

"네?"

그 말에 당사자는 물론 다른 사람들까지 어안이 벙벙해졌다.

'이 인간, 또 이상한 데 꽂혔는데?'

보통 술술 촬영을 진행하는 그지만 가끔 한 부분에 꽂혀서 집착하는 경우가 있었다.

'한국적'인 연기와 같은 맥락으로 이번에는 메이린의 캐릭터 '밍밍'에 대해 유달리 까다롭게 구는 것 같았다.

"…알았어요. 다시 한번 해볼게요."

의외로 군말 없이 수락하는 걸 보니 생각보다 메이린의 성격이 나쁘지 않은 것 같았다.

*　　　*　　　*

"컷!"

"카트!"

"커엇!"

다섯 번째 테이크에 가서야 간신히 오케이 사인이 떨어졌다.

만족스러워하는 감독과 달리 메이린의 얼굴은 시뻘겋게 달아올라 있었다.

그 모습을 본 조감독을 비롯한 스태프들은 불안함을 감추지 못했다.

"감독님 왜 저러냐? 좀 말려봐."

"저도 모르겠어요. 아까 무서워서 손 떨던 양반이 뭘 또 잘못 잡수셨나."

촬영을 끝낸 그녀는 아무 말도 없이 사람들을 쌩 지나쳐 자신의 휴식 공간으로 향했다.

하오룽을 비롯한 코디와 메이크업 담당 등 수행 인원이 헐레벌떡 그녀를 뒤따랐다.

'조짐이 안 좋은데.'

태웅은 그녀가 폭발 직전인 것을 눈치챘다.

아니, 사실 이 안에서 그 사실을 모르는 건 감독밖에 없는 것 같았다.

"감독님 좀 무리하신 것 같은데요. 이러다 다 눈 덮인 산속에서 대가리 박아 하는 거 아니에요?"

유지니가 쿡쿡 웃으며 태웅에게 다가와 말했다.

원, 무슨 농담을 이렇게 불길하게 하냐.

"말이 씨가 될 수도 있어요."

"어머, 설마 그렇게 되겠어요? 어차피 연기 지도일 뿐인데."

그녀는 아무래도 삼합회의 무서움을 모르는 것 같았다.

"그런데 감독님은 갑자기 또 왜 저래요? 원래 저렇게 한 신에 까다롭게 구시는 분 아니잖아요?"

태웅의 질문에 그녀가 입을 열었다.

"듣기로는 밍밍이 젊은 날 짝사랑하던 누군가를 떠올리며 쓴 캐릭터라고 알고 있어요. 그래서 조금 집착하시나 봐요."

'미쳤구나!'

태웅은 어이가 없었다.

아무래도 감독이 위험한 도박을 하고 있는 것 같았다.

*   *   *

"메이린 양, 혹시 눈물을 턱에 맺혔다가 뚝 떨어지게 해줄 수 있어?"

"메이린 양, 대사를 초반부는 떨다가 뒷부분에서 살짝 올려줄 수 있어?"

계속되는 디테일한 요구에 촬영장 분위기가 싸해졌다.

물론 연기 디렉팅이 감독의 권한이긴 하지만, 상황이 상황이니만큼 사람들도 눈치를 보지 않을 수 없었다.

촬영을 지켜보던 하오룽은 아무래도 자신이 나설 때가 된 것 같다는 생각이 들었다.

그가 모시는 아가씨는 지금 폭발 직전이었다.

화산이 분화한 후면 이미 돌이킬 수 없기에 그전에 김을 빼야 할 것 같았다.

"위험한 기운이 풍기는군요."

고서윤의 말에 태웅은 그의 시선이 향하는 곳을 보았다.

언제나 단정한 검은 정장을 갖춰 입고 있는 사내, 메이린의 매니저가 감독을 뚫어져라 노려보고 있었다.

'도대체 왜 찍는 작품마다 조용할 때가 없냐.'

사건 사고가 그치지 않는 촬영장이다.

'대한민국 최초로 삼합회의 주먹을 맛보는 감독이 되려나?'

그는 최대한 폭탄이 터지지 않길 바라며 다음 신 촬영을 위해 이동했다.

산속 깊은 곳, 어딘가의 절벽이 다음 촬영 장소였다.

그곳에서는 산 아래의 풍경이 한눈에 들여다보였다.

"우와! 장관이네!"

잔뜩 뿔이 나 있던 메이린도 놀란 듯 표정이 환해졌다.

얼음 왕국에 온 것 같은 그림 같은 경치가 펼쳐지자 모두의 힘든 몸과 마음이 힐링이 되었다.

"어때? 경치 죽여주지? 나랑 로케이션 매니저가 피똥 싸면서 고른 장소야."

감독이 감회가 새로운 듯 절벽 아래 펼쳐진 대자연의 작품을 보며 입을 열었다.

이곳에서 결심과 밍밍이 함께 경치를 구경하며 교감을 나누는 신을 촬영하게 된다.

"기상 정보를 봤는데 이따가 눈이 온다고 하더라고. 그러니까 이번 신은 최대한 빨리 가자고."

아직 환한 대낮이고 햇빛도 쨍쨍해서 눈이 온다는 말이 실감이 나지 않았다.

태웅은 메이린과 함께 나란히 절벽 아래를 보고 앉아서 대화를 나누는 신을 촬영했다.

지금껏 죽도록 고생만 하던 주인공이 정말 오랜만에 마음의 평화를 찾는 순간이다.

그는 옆에 앉은 메이린을 힐끗 보았다.

그동안의 짜증과 분노를 잊은 듯 그녀는 어린아이처럼 밝은 표정을 짓고 있었다.

"감독, 죽여 버릴 거야."

"…네?"

잘못 들은 건가?

그녀가 나지막이 뭐라 중얼거린 것 같은데…….

얼빠진 표정을 짓는 그에게 그녀가 시선을 돌렸다.

"왜요? 무슨 일 있어요?"

"무슨 말 하지 않았어요?"

"무슨 말?"

아무렇지도 않은 듯 자신에게 되묻자 태웅은 입만 뻐끔거렸다.

"오케이! 아주 좋았어요. 이제 돌아갑시다."

미리 한 말대로 단번에 오케이 사인을 낸 감독이 철수하자
는 신호를 보냈다.

저녁이 되어서야 눈이 쏟아진다고 했으니 아직 시간적인 여
유는 충분했다.

촬영 장비를 수습하고 매니저를 포함한 수행 인원이 두 배
우에게 다가가는 순간, 갑자기 굉음이 들렸다.

쿠쿠쿠쿠쿠쿠쿵!

'이게 무슨 소리지?'

소리가 난 곳은 위쪽이었다.

시선을 돌리니 촬영 장소 위쪽의 산등성이에서 자욱한 연
기가 피어오르고 있었다.

그것을 본 스태프 하나가 비명을 질렀다.

"산사태다!"

모두가 놀라 움직이지도 못하는 사이, 커다란 얼음덩이 하
나가 무서운 속도로 아래를 향해 굴러 내려왔다.

그러다 중간에 어딘가에 부딪쳤는지 얼음덩이는 방향을 바
꿔 곧장 메이린이 서 있는 곳을 덮쳤다.

"아가씨!"

그녀에게 달려가던 하오룽도, 어쩔 줄 몰라 멀뚱히 지켜보

던 스태프들도 당황하는 사어, 누군가가 번개같이 그녀에게 몸을 던졌다.

콰콰쾅!

얼음덩이가 떨어져 박살 난 곳으로 자욱한 먼지와 얼음 파편이 휘날렸다.

안개가 걷혔을 때 두 사람이 서 있던 곳에는 아무도 없었다.

"태웅 씨!"

"형님!"

스태프들과 매니저들이 경악하여 소리쳤다.

"큰일 났다! 아래로 떨어졌어!"

"빨리 구조대 불러! 당장!"

순식간에 현장이 소란스러워졌다.

태웅과 메이린, 두 배우가 사고를 당하고 만 것이다.

*   *   *

한중 양국에서 핫한 두 배우 김태웅과 메이린이 갑작스러운 산사태로 실종되었다는 사실은 숨기려고 해도 숨길 수가 없이 널리 퍼져 나갔다.

각국의 언론이 떠들썩해졌고, 인터넷에서는 그야말로 난리가 났다.

실시간 검색어 순위에 '김태웅, 메이린 실종', '김태웅, 메이린 산사태' 등으로 도배가 되었으니 이제는 한중 양국에서도 두 사람의 존재를 모르는 사람이 없게 되었다.

공중파 뉴스에서도 둘의 실종을 비중 있게 다뤘다.

영화 제작진을 비난하는 측도 많았으나 안전장치를 부실하게 했다기보다는 그야말로 갑작스러운 사고였기에 단지 불운한 일이었을 따름이라는 의견이 많았다.

신고를 받은 긴급 구조 대원들이 출동했지만, 현지 기상 상태 악화로 인해 수색은 물론 헬기를 띄울 수도 없는 상황이었다.

실종된 지 24시간이 지나도록 별다른 진척 상황이 없자 암담한 예상을 내놓는 사람들이 많았다.

—애석하다, 애석해. 이렇게 김태웅은 안녕인 거야?

—메이린 살려내. ㅠㅠ 국민 여동생 메이린. ㅠ

—아직 희망을 버리지 말자. 데드라인이 지난 건 아니니까.

—바랄 걸 바라야지. 벌써 다 죽었을 거야. 그러게 왜 그렇게 위험한 촬영을 해?

—모두 잊었나 본데 김태웅은 생존의 달인이야. 유스 곤 와일드 못 봤냐?

마침 노튼 베어울프와 함께 출연한 '유스 곤 와일드' 1회가 전 세계에 방영되면서 화제가 되었기에 외신에서도 기사들을 쏟아내고 있었다.

〈노튼 베어울프의 뉴 파트너 태웅 김에게 위험한 시련이 닥치다!〉

〈현실의 '유스 곤 와일드', 태웅 김의 불운〉

〈노튼의 친구는 과연 생존할 수 있을 것인가? 한국의 젊은 배우, 눈 덮인 산에서 실종되다〉

소식을 들은 노튼이 모든 스케줄을 중단하고 중국 현지로 날아갔다는 사실이 화제가 되었다.

그는 모든 힘을 다해 태웅과 메이린의 구조를 돕겠다면서 직접 구조대에 자원할 것으로 알려졌다.

한편 그 시각, 갑작스러운 산사태와 지반 침하로 인해 절벽 아래로 추락한 태웅과 메이린은 어느 동굴 안에 머물고 있었다.

*　　　　*　　　　*

'지금쯤 난리가 났겠네.'

태웅은 울다 지쳐 잠든 메이린을 보며 한숨 돌렸다.

기력이 없는데도 저렇게 시끄럽게 오랫동안 우는 것도 재주는 재주다.

간신히 절벽 아래 불쑥 솟아나와 있는 곳으로 떨어졌기에 망정이지 하마터면 그대로 황천행이었다.

게다가 폭신한 눈이 녹지 않고 쌓여 있는 곳이라 기적적으로 어디 한 군데 부러진 곳도 없었다.

만약 부상이라도 입었더라면 여기서 살아 나갈 확률은 0퍼센트에 수렴했을 것이다.

'그나저나… 이를 어쩐다. 살아남을 수 있을까?'

아무런 도구도 없는 맨몸으로 척박하기 짝이 없는 극한 환경에 처해지고 말았다.

유스 곤 와일드에 출연하면서 겪은 상황에 실제로 처하게 될 줄은 상상도 못 했다.

떨어지는 얼음덩이에 깔릴 뻔한 메이린을 간발의 차이로 구했다.

그것만으로도 일단 다행이었지만, 문제는 여기서 살아 나가지 못한다면 죽는 것은 매한가지라는 사실이다.

'일단 먹을 걸 구해보자.'

마지막으로 음식물을 섭취한 시간은 둘 다 몇 시간 되지 않았다.

수분 섭취는 얼음이 있으니 어떻게든 가능했다.

동굴을 발견하여 극한의 추위에 노출되는 것은 피할 수 있었지만, 불이라도 피워야 잠을 잘 수 있다.

'부싯돌도 없고… 답답하네.'

아무리 주위를 둘러봐도 당최 불을 붙일 만한 도구가 보이지 않았다.

파이어 스틱 같은 게 있는 것도 아닌 이상, 맨손으로 나뭇가지를 비비거나 하는 식으로는 실제로 불을 붙이는 것이 거의 불가능했다.

대여섯 시간 이상 비벼야 하고 혼자서 계속하기도 어렵다.

물론 무한 체력을 가진 태웅이야 몇 시간이고 계속해 볼 수도 있겠지만, 젖지 않은 나뭇가지 자체를 구하기 어려운 상황이다.

지푸라기와 잔가지 같은 땔감을 있는 대로 구해보긴 했지만, 무엇으로 불을 붙일지 아무리 생각해도 암담하기만 했다.

'정신이라도 좀 차리고 있으면 도움이 될 텐데… 쯧.'

태웅은 잠든 메이린을 보며 다시 한번 혀를 찼다.

이렇게 추운 상황에서 잠들었다가는 아침 해를 보지 못할수도 있었다.

그는 결국 파카를 벗어 그녀에게 덮어주었다.

'뭐가 예쁘다고 이 짓을 한담.'

성질이 뻗쳤지만 잠든 얼굴을 보고 있으니 화가 누그러졌다.

금지옥엽 아가씨가 이런 극한 환경에서 정상적인 판단과 행동을 한다는 게 무리다.

정신적인 충격도 꽤 클 것이다.

하지만 그건 그거고 이건 이거다.

결국 혼자 X빵이를 쳐야 한다.

입구에서 꽤 떨어진 깊은 곳까지 들어왔지만, 그래도 바깥의 바람이 안으로 들어왔다.

온도가 점점 떨어지는 것을 느낀 태웅은 더 이상 지체할 수 없었다.

'한번 해보자. 죽이 되든 밥이 되든.'

결국 그는 손으로 나뭇가지를 비벼 불을 붙이는 방법을 시도해 보기로 했다.

[생존 전문가 숙련도가 88퍼센트가 되었습니다.]

들려오는 메시지에도 전혀 기쁘지가 않았다.

그는 가부좌를 틀고서 그나마 물기가 없고 굵은 나뭇가지를 바닥에 대고 열심히 비비기 시작했다.

한 시간, 두 시간, 세 시간…….

제법 오랜 시간이 지났음에도 아직도 불은 붙을 기미를 보이지 않았다.

손이 아픈 데다 메이린에게 파카를 벗어줘서인지 얼어 죽을 만큼 추웠다.

"으음, 엄마……."

메이린이 잠꼬대를 하는 소리가 들려왔다.

태웅은 이를 악물고 계속해서 나뭇가지를 비볐다.

한 시간쯤 더 지났을까?

파팟!

'오오오!'

아주 작은 불꽃이 나뭇가지 아래 보이기 시작했다.

연기도 살짝 나는 것이 이제 거의 고지가 보이는 것 같았다.

'조그만 더! 할 수 있어, 김태웅!'

스스로를 격려하는 찰나, 갑자기 파지직 소리가 나며 나뭇가지가 똑 부러졌다.

"이런 망할! 빌어먹을!"

절로 입에서 욕이 터져 나왔다.

"으응, 시끄러워……."

꼼지락거리며 상체를 일으킨 메이린이 눈을 비볐다.

"춥고 배고파."

그녀는 자신의 몸 위에 걸쳐 있는 파카를 보곤 고개를 갸웃했다.

"어라? 이거 누구 거지?"

그녀의 말에 울컥한 태웅이 입을 열었다.

"내 겁니다."

"에? 왜 이게 여기 있어요? 안 추워요?"

"춥죠. 그쪽이 이런 상황에 자버리니까 벗어준 거 아닙니까."

"이런 상황?"

"이런 온도에서 자면 얼어 죽어요. 그래서 지금 열나게 불 피우고 있는 거 안 보여요?"

절로 까칠해진 자신이 느껴졌지만 태웅은 딱히 태도를 누그러뜨릴 마음이 없었다.

"어머, 내가 자버렸구나. 어쩐지 너무 추워."

"조용히 하고 땔감이나 좀 구해봐요."

"이봐요! 왜 그런 식으로 말해요? 지금 나한테 명령하는 거예요?"

"명령 맞습니다만."

싸늘한 태웅의 말에 은근히 겁먹었지만, 그녀는 겉으로는 조금도 위축되지 않은 듯 고개를 들었다.

"누구도 나한테 명령은 못 해요. 정중하게 부탁하란 말이에요."

"미안하네요. 땔감 좀 구해보시죠. 안 젖은 걸로다가."

태웅의 말에 금세 누그러진 그녀는 주위를 둘러보다가 태웅이 비비고 있는 나뭇가지를 보았다.

"지금 그거 뭐 하는 거예요? 혹시 영화에서 보던 그거?"

"그게 뭡니까?"

"무인도에 갇힌 사람들이 하는 거죠? 손으로 비벼서 불붙이는 거."

"그래요. 불 안 피우면 이대로 눈사람 되어서 백 년 후에 화석으로 발굴될까 봐 그래요."

그녀는 신기한지 태웅이 나뭇가지를 열심히 비비는 모습을 구경했다.

"진짜 신기하다. 정말 이런 걸 시도하는 사람은 처음 봤어."

흥미진진한 표정을 짓던 그녀가 갑자기 탄성을 질렀다.

"어라? 근데 나 라이터 있는데?"

"…뭐?"

태웅은 동작을 멈추고 붉으락푸르락하는 얼굴로 메이린을 노려보았다.

"왜 말 안 했어요?"

그녀는 멋쩍은 듯 뒤통수를 긁적였다.

"안 물어봤잖아요. 나 사실 요즘 몰래 담배 피우고 있거든요."

그녀가 건네는 라이터를 보고 태웅은 한숨을 내쉬었다.

'이게 뭔 개고생이냐.'

*   *   *

다음 날, 눈이 그치자 구조 헬기가 떴고, 두 사람이 추락한 것으로 여겨지는 지점 근처로 수색이 이루어졌다.

수십 명의 구조 대원들은 쏟아지는 관심을 의식한 듯 열성적으로 수색 작전을 펼쳤다.

그중에는 스스로 자원한 노튼과 태웅의 매니저 고서윤도 포함되어 있었다.

애당초 고서윤은 태선을 돌볼 생각이었으나, 그녀는 자기는 됐으니 오빠를 찾는 데 힘을 보태라고 했다.

"태웅이 내 어드바이스를 기억하고 있다면 아마 사고당한 근처에서 멀리 가지 않았을 거야."

지도를 보며 조난당한 두 사람의 위치를 추정하던 노튼은 손가락으로 어느 한 지점을 짚은 후 그 주위로 원을 그렸다.

"이곳 반경을 수색합시다. 사고당한 지 48시간이 지나면 생존 확률이 급격히 줄어들 거예요. 최대한 빨리 이들을 구해야 합니다."

노튼의 노련한 지휘는 구조 대장과 비교해도 손색이 없을 정도였다.

예측 지점을 중심으로 수색이 이루어지는 동안, 우르르 몰려든 불청객들로 인해 구조 대원들은 홍역을 치러야 했다.

"어떻습니까, 노튼 씨? 김태웅과 메이린 양이 살아 있다고 생각하시나요?"

진작에 들이닥친 기자들이 무례한 질문을 쏟아냈다.

노튼은 그들을 상대할 가치도 없다는 듯 무시하며 손을 내저었다.

"하여튼 언론이란… 저런 인간들에게 떡밥을 던져줄 필요는 없지."

"정말 무사하겠지?"

고서윤의 질문에 그와 안면이 있는 노튼은 빙긋 웃으며 입을 열었다.

"물론이지. 태웅은 보통 사람이 아니야. 타고난 생존 전문가라고. 야생의 감이 탁월한 사람이니 반드시 멀쩡한 몸으로 나타날 거야. 난 믿어."

"메이린이라는 여자는 전문가가 아니야. 그녀는 위험할 수도 있어."

"태웅이 같이 있다면 틀림없이 도움을 주겠지. 그는 혼자서만 살아날 사람이 아니니까. 하지만 서둘러야 해. 이런 곳에서는 제아무리 생존의 대가라도 오래는 못 버텨."

수색은 전에 없이 빠른 속도로 이루어졌다.

장비나 인원 등도 꾸준히 보강되었는데, 중국 정부가 아니라 신분을 밝히지 않은 거물이 지원해 준 듯한 인원까지 합류했다.

*   *   *

"배고파요. 먹을 건 없어요?"

얼음을 녹여 만든 물을 벌컥벌컥 마신 메이린이 칭얼댔다.

"겨울이라 식량을 구할 수 있을지 모르겠네요. 산짐승과 경쟁해야 할 거요."

태웅이 퉁명스럽게 대답했다.

이런 산속에서, 그것도 한겨울에 어디서 먹을 것을 구할까?

'다람쥐 창고라도 털어야 하나?'

그는 골똘히 동굴 입구 쪽을 바라보며 생각에 잠겼다.

날이 밝으면 밖에 나가보아야 할 것 같았다.

자신은 탈진하지 않을 테지만 메이린은 금세 기력이 쇠할 것이다.

"우와! 여기 버섯이 있네?"

메이린의 말에 그는 고개를 돌렸다.

바닥에서 버섯을 발견한 메이린이 그것을 입으로 가져가고 있었다.

"안 돼!"

후다닥 달려가 몸을 날린 태웅은 그녀가 버섯을 입에 넣기 직전 간신히 막았다.

철퍼덕!

"으윽! 왜 이래요!"

메이린이 반은 놀라고 반은 성난 얼굴로 태웅을 노려보았다.

태웅은 자신의 몸이 그녀의 위에 올라가 있는 것을 깨닫곤 황급히 일어났다.

"아, 아빠를 부를 거야. 나한테 무슨 짓을 하려고……."

태웅은 어이가 없어 피식 웃고 말았다.

"거참, 착각도 유분수지……."

"뭐라고요?"

"이런 상황이 아니어도 그쪽은 내 타입 아닙니다. 죽을 뻔한 걸 살려줬더니……."

메이린은 아무 말 없이 그를 노려보았다.

하지만 촉촉해진 눈빛이 흔들리는 것을 보아 어지간히 겁을 먹은 것 같았다.

태웅은 한숨을 쉬곤 주저앉아 그녀와 눈높이를 맞춘 후 말했다.

"버섯 먹으면 안 돼요. 큰일 나."

그 말에 그녀는 입을 삐죽 내밀었다.

"나 바보 아니거든요? 그 버섯 먹을 수 있는 거잖아요."

"무슨 근거로?"

"화려한 건 독버섯, 수수하게 생긴 건 식용 버섯."

"어휴……."

이래서 잘못된 상식이 위험했다.

"그거 아니에요. 이런 야생에서 구할 수 있는 버섯은 거의 다 독버섯이라고 보면 돼. 그러니까 절대 먹으면 안 됩니다. 알았어요?"

"그럼 뭐 먹어요?"

"독버섯 먹는 것보단 굶는 게 낫지. 조금만 기다려 봐요."

차갑게 내뱉은 그는 조용한 가운데 물이 떨어지는 듯한 소리를 듣곤 고개를 돌렸다.

메이린은 또 훌쩍거리고 있었다.

"흑흑, 집에 가고 싶어. 아빠, 엄마……."

태웅은 급격하게 피곤이 몰려왔다.

무한 체력도 이럴 때는 소용없었다.

*   *   *

실종된 지 46시간이 지난 후, 산 중턱의 한 동굴 근처에서 탈진 상태인 두 사람이 발견되었다.

현장에는 그들이 발견되는 데 일등 공신인 연기를 피운 흔적이 있었다.

체온 유지를 위해 기울인 노력 때문인지 두 사람의 건강 상태는 놀랍도록 양호한 편이었다.

"아가씨!"

"오빠!"

구조 사실을 듣고 달려온 하오룽과 태선, 고서윤이 두 사람에게 달려들었다.

이미 큰 문제는 없다는 얘기를 들었지만, 그래도 직접 두 눈으로 확인해야만 했다.

"다행입니다, 아가씨. 별일 없으셨……."

"우에에에에에엥!"

갑자기 터진 메이린의 울음에 현장의 사람들이 당황했다.

하지만 그녀는 체면조차 싹 내던진 듯 하오룽의 팔을 부여잡고 엉엉 울음을 터뜨렸다.

집중되는 시선에 민망함을 느끼면서도 그는 이미 축축하게 젖어들고 있는 팔을 거두지 않았다.

오래 모신 아가씨가 무사히 살아 돌아왔다는 것만으로도 천만다행이었다.

태선 역시 태웅에게 다가와 말없이 그의 목을 꼭 껴안았다.

잠시 후 태웅은 오랜만에 만난 동생의 얼굴을 보며 말했다.

"이야, 동생. 울지도 않고 의젓한데?"

그 말에 태선이 무덤덤하게 받아쳤다.

"지난번 사고 때 이미 다 울었어. 괜찮아졌으면 빨리 집으로 가자."

그 말에 괜히 미안해지는 태웅이다.

"영화는 다 찍고 가야지."

"곧 죽어도 그놈의 영화는……."

그녀는 못 말리겠다는 듯 고개를 저으며 진저리를 쳤다.

실은 오빠가 무사하다는 소식을 전해 듣고 펑펑 운 직후였다.

하마터면 목숨을 잃을 뻔한 사고에 휘말렸던 두 사람은 구조된 후 또 다른 곤란함을 겪게 되었다.

두 사람을 향해 쏟아지는 언론의 지나친 관심과 세간의 억측이었다.

조난당한 기간 동안 두 사람 사이에 무슨 일이 있었거나 그렇지 않더라도 핑크빛 기류가 싹트지 않았겠느냐는 이야기였다.

"미친놈들, 그 상황이 되어봐라. 연애 감정 비슷한 거라도 나나."

인터넷에서 입방아를 찧어대는 사람들의 글을 보며 태웅은 고개를 저었다.

조난당했을 때는 어떻게든 연명하는 데 신경 쓰느라 애정의 불꽃 따위 튈 여유도 없었다.

"그러게 말입니다. 정말 무리한 추측들을 하고 있군요."

태웅은 이미 숙소에서 편안한 휴식을 취하고 있었다.

사실 위험한 촬영은 거의 마친 상태였고, 남은 신은 대본을 수정하여 안전한 곳에서 찍기로 했다.

촬영이 재개되는 데만 상당한 시일이 소요되었기에 제작비 또한 껑충 뛰었다.

하지만 중단되지 않은 것만으로도 제작사는 감지덕지해야 할 것이다.

두 사람 중 한 명이라도 무사하지 않았다면 그마저도 불가능했을 테니까.

"메이린 씨 소속사 관계자가 익스트림하이 제작사 대표와 배준화 감독을 보자고 하더군요."

"하아, 그 양반들, 똥줄 타겠네. 하하하!"

말이 소속사 관계자지 실은 삼합회 사람일 것이다.

물론 언론에서도 불가항력적인 사고였다는 사실을 보도하고 있었기에 제작사나 감독의 책임이라고는 할 수 없었다.

하지만 그 경위에 대해서는 아주 '상세하고 충분한' 설명이 있어야 할 것이다.

"정 대표님도 제작사에 항의했다고 하던데요. 그리고 지금 비행기로 오고 계시답니다."

"엥? 걔는 또 왜 와?"

"홍구 씨도요. 다들 형님의 안부에 대해 걱정이 많으신 것 같습니다."

"헉!"

이제야 이번 사고가 얼마나 큰 사건인지 실감이 났다.

워낙 보도가 떠들썩하게 나다 보니 모르는 사람이 없는 모양이다.

윤철이야 그렇다 치고 홍구까지 올 필요는 없는데…….

"메이린 상태는 어때?"

"괜찮은 모양입니다. 정신적 충격이 있는 것 같지만 신체적으로는 아주 양호하다고 하더군요."

"그렇겠지."

그렇게 챙겨줬는데 문제가 있으면 안 되지.

태웅은 동굴에서의 마지막 하루를 다시 떠올렸다.

*   *   *

날리던 눈발이 그치자 태웅은 동굴 앞에 남은 땔감을 늘어놓고 아래에 딱딱한 나무토막을 구해 넣었다.

최대한 오래 불을 피우고 연기를 내어 구조대에게 자신들이 여기 있음을 알려야 했다.

다행히 라이터가 있었기에 수월하게 불을 피운 후 그는 또 눈이 오기 전에 식량을 구해야겠다고 생각했다.

'휴, 한 번만 더 돌아다녀 보자.'

그는 동굴 안을 향해 소리쳤다.

"먹을 것 좀 찾아올 테니 기다려요!"

"어디 가요? 여기 먹을 게 어딨다고!"

메이린의 날카로운 목소리가 메아리처럼 들려왔다.

"지금이라도 찾아야지 안 그러면 우리 둘 다 굶어 죽어요! 어디 가지 말고 안에 있어요!"

"어디 가냐고요! 말이라도 해줘요!"

"아, 몰라! 멀리 안 가니까 걱정 말아요!"

"가지 마요! 가지 마! 야!"

태웅은 그녀의 말을 듣는 둥 마는 둥 하고 산길을 걸어갔다.

역시나 겨울의 산에서 식량을 구하는 일은 하늘의 별 따기였다.

몇 시간을 돌아다녀 봤지만 나무 열매조차도 구하기 어려웠다.

'이거 큰일이네.'

하지만 뵈는 게 없다고 해도 무한 체력을 밑천으로 돌아다녀 볼 수밖에 없었다.

무려 세 시간을 돌아다닌 끝에 마침내 그는 작은 개울을 발견했다.

'다행이다! 얼지 않았어!'

기적 같은 행운이었다.

'유스 곤 와일드' 첫 촬영 당시를 떠올리며 그는 근처에 있는 풀 중 가장 질긴 것들을 모아 노끈처럼 묶었다.

그러고는 썩은 나무 밑동을 파서 애벌레 하나를 잡아 으깬 후 장갑 안에 넣고 풀로 만든 노끈을 연결했다.

물에 던지고 한참 후, 작은 물고기 하나가 미끼를 물었다.

"앗싸!"

낚시에 성공한 그는 간신히 한숨 돌렸다.

[생존 전문가 숙련도가 90퍼센트가 되었습니다.]

"시끄러워!"

시스템 메시지를 향해 성질을 부린 그는 파닥거리는 물고기를 소중히 파카 안에 넣어 돌아갔다.

동굴 앞에서 콜록거리며 모닥불에 땔감을 밀어 넣고 있는 메이린이 보였다.

금지옥엽 아가씨가 얼굴이며 손이 지저분해진 걸 보니 안쓰러운 마음이 들었다.

"메이린 씨, 식량을 구해왔어요!"

"식량?"

눈이 휘둥그레지며 얼굴에 화색이 돌던 그녀는 태웅이 품에서 물고기를 꺼내자 뜨악한 표정을 지었다.

"그, 그걸 날로 먹는 건 아니죠?"

"그것도 나쁘지 않지만 불이 있으니 구워 먹죠."

두 사람이 먹기엔 턱없이 부족한 양이다.

그래서 태웅은 구운 물고기의 대부분을 메이린에게 양보했다.

그녀는 도저히 못 먹겠다고 투정을 부렸지만 태웅이 먼저 한 입 먹는 것을 보곤 참을 수 없는지 결국 허겁지겁 먹었다.

"만약 구조가 안 되면 어떻게 해요?"

짧은 식사를 마치고 메이린이 몸을 웅크린 채 말했다.

"그럴 리가. 이렇게 연기를 피우고 있으니 금방 발견될 겁니다."

"지금까지 안 됐잖아요. 우리 이렇게 된 지 벌써 몇 시간이 지났는데."

"기다려 봐요. 어떻게든 버티면 다 찾아줄 거예요."

"그전에 굶어 죽으면 어떻게 하냐고요. 오늘도 먹을 거 간신히 구했잖아요."

태웅은 슬슬 짜증이 났다.

"어떻게든 또 구해봐야죠. 개울 위치도 알아뒀고 다른 곳도 뒤져보면……."

"비린 거 먹기 싫어요. 좀 먹을 만한 걸로 줘야죠."

힘들게 식량을 구해왔더니 이 모양이다.

"물도 텁텁하고 여기 너무 건조해요. 피부 다 상하겠어."

'그럼 가습기라도 있을까 봐?'

"그리고 아저씨 죽으면 어떻게 해요? 나 혼자 남기 싫어요."

"안 죽어요."

"그건 모르는 거죠."

"재난 영화 안 봤어요? 그럼 내 인육이라도 먹으며 버텨요."

태웅의 말에 그녀의 안색이 일변했다.

말이 너무 심했나?

"농담이에요. 그런 영화 많잖아요. 주인공 동료가 죽어가면서 자기 먹어달라고 하는 말."

메이린이 벌떡 일어나 뒷걸음을 치기 시작했다.

"저기… 메이린 씨?"

"꺄아아악! 사람 살려!"

그녀가 동굴 안으로 도망가는 것을 본 태웅은 황당해졌다.

아무래도 마음이 여린 아가씨에게 농담이 과했던 모양이다.

*　　　　*　　　　*

그때 이후로 그녀가 자신을 짐승 보듯 한 걸 떠올리니 절로 피로가 몰려오는 태웅이다.

'아마 여기까지겠지?'

이런 일을 당했으니 그녀는 틀림없이 촬영을 중단하고 돌아갈 것이다.

사실 중요한 장면은 다 찍은 만큼 대본을 수정하면 전체적으로 큰 문제는 없었다.

"오빠, 감독님 오셨어."

태선의 말에 그는 현관 쪽으로 시선을 돌렸다.

위로차 찾아온 배준화 감독과 제작사 대표가 쭈뼛거리며 그의 눈치를 살폈다.

"몸은 좀 괜찮아?"

"그럼요. 이 정도로 어디 안 상해요. 바로 촬영 들어가도 상관없어요."

도리어 이곳에서 시간 끌며 하릴없이 머물고 있는 게 더 불편했다.

그가 오히려 촬영을 재촉하자 감독과 대표는 안도하는 기색이었다.

"메이린은 어쩌겠대요?"

"메이린, 후……."

한숨부터 쉬는 걸 보니 대충 일이 어떻게 되어가는지 상상이 됐다.

"일단 남은 촬영분은 찍기로 했어."

그녀가 추가 촬영을 거부하고 이대로 돌아갈 줄 알았는데 태웅은 의외라는 생각이 들었다.

"잘됐네요."

하지만 일이 잘 풀린 것치고는 두 사람의 안색이 별로 좋지 않았다.

"그리고 태웅 씨, 메이린 소속사 관계자분이 좀 보자고 하는데 말이야."

"저요?"

태웅의 질문에 두 사람이 고개를 끄덕였다.

어째 시선을 피하는 모습이 뭔가 일이 있는 것 같았다.

"저희 형님은 지금 휴식을 취해야 하십니다."

고서윤이 평소답지 않게 불쑥 나섰다.

하지만 태웅은 손을 들어 제지했다.

"관계자라는 게 그쪽 사람들인 거죠? 직접 만나보셨나요?"

감독과 대표는 서로 시선을 교환할 뿐 좀처럼 대답을 하지 않았다.

'그래도 쥐 터지진 않은 모양이군.'

거부할 수도 있었다.

아무리 세계적인 폭력 조직이라고 해도 태웅은 조금도 두렵지 않았다.

다만 호기심이 이는 것은 사실이다.

'왜 날 보자고 했을까? 메이린이 내 욕이라도 했나?'

촬영도 중단된 데다 절대안정이라며 어디 돌아다니지도 못하는 처지이다.

좀이 쑤시지 않는다고 하면 거짓말이다.

"좋습니다. 언제 어디서 보자고 하나요?"

의외로 선뜻 응하자 두 사람의 얼굴에 화색이 돌았다.

"그래? 그러면 우리가 조만간 약속 잡아서 올게."

"푹 쉬고 영양 섭취 잘해야 해, 태웅 씨. 어서 빨리 회복하라고. 파이팅!"

갑자기 밝아진 두 사람이 발걸음도 가볍게 돌아갔다.

"어쩌자고 수락하신 겁니까?"

고서윤의 말에 태웅은 씨익 웃었다.

"재밌잖아. 원래 옛날부터 만나보고 싶었다고."

전생에서 마피아 조직원을 만나본 적은 있지만 삼합회는 처음이다.

"괜히 갔다가 오빠 칼 맞는 거 아냐?"

"…그런 말을 그렇게 태연하게 하냐?"

"그런데 궁금하긴 하다. 나도 가면 안 돼?"

태선 역시 걱정보다는 호기심이 앞서는 듯했다.

"지금 당장 한국으로 보내 버리는 수가 있다?"

"보내면 누가 간대나? 쳇."

투덜거리면서도 그녀는 물수건으로 태웅의 몸 이곳저곳을 닦아주었다.

"저도 동행하겠습니다."

"그러거나 말거나."

고서윤이야 얼마든지 같이 가도 상관없었다.

그라면 상대가 누구든 쫄지 않을 것이다.

도리어 궁금하기까지 했다.

"고 매니저."

"네, 형님."

"너랑 삼합회랑 싸우면 누가 이겨?"

"…네?"

뜬금없는 질문에 고서윤이 고개를 갸우뚱했다.

"너 특전사 출신에다가 바퀴벌레 잡는다면서 젓가락을 벽에다 던져 꽂아버리잖아. 그럼 삼합회라도 때려잡을 수 있지 않아?"

"평범한 조직원과 비교한다면 전투력에서는 우위일 겁니다만, 상대가 누구냐에 따라 달라지겠죠. 그리고 젓가락을 벽에다 꽂는 건 사실 그리 어려운 게 아닙니다."

그의 말에 따르면 연습만 하면 평범한 고등학생도 가능하다고 한다.

"그래, 암튼 날 잘 지켜줘야 돼."

그럴 확률은 거의 없지만, 그들이 물리적인 힘을 행사할 수도 있었다.

똑똑.

또다시 문을 두드리는 소리에 태선이 미간을 찌푸렸다.

"감독님도 참, 또 무슨 얘기를 하려고 다시 왔대?"

그녀가 문을 열자 뜻밖의 사람이 서 있는 것이 보였다.

"김태웅 씨, 몸은 좀 어떠십니까?"

곰 같은 덩치에 사이보그처럼 무미건조한 인상의 남자.

메이린의 매니저 하오룽이 태웅을 향해 정중하게 고개를 숙였다.

"저희 어르신께서 김태웅 씨를 보고 싶어 하십니다. 미리 전달은 드렸습니다만."

아아, 드렸지. 한 일 분쯤 전에.

"실은 들은 지 얼마 안 됐는데요."

"그러시군요. 그럼 준비될 때까지 기다리고 있겠습니다."

이쯤 되면 멱살 잡고 끌고 나오지만 않았지 반협박이다.

"좋습니다. 단 내가 좀 느리니까 오래 기다려야 될 거예요."

태웅은 태연하게 하품을 하며 숙소의 TV를 켰다.

그 모습을 본 하오룽의 눈썹이 미세하게 꿈틀거렸지만, 태웅은 못 본 체하며 TV에 시선을 고정했다.

*   *   *

차오웨이는 주변 사람들의 예상보다 훨씬 냉정하고 차분한 상태였다.

과거 다혈질로 유명하던 그는 나이가 들어가면서 조금씩 노련한 승부사로 변모했다.

그가 변하게 된 것은 사업에 재미를 붙이면서였다.

엔터테인먼트 산업은 원래부터 삼합회가 깊게 관여하던 업종이다.

견고한 커넥션과 풍부한 자금력, 그리고 오랜 역사를 바탕으로 한 조직력으로 한때 업계를 쥐락펴락하던 삼합회.

하지만 홍콩 정부의 강력한 의지로 인해 차츰 그들의 영향력은 약화되어 갔고, 중국 등으로 쫓겨나기에 이르렀다.

물론 그들이 중화권의 연예 산업에서 발을 뺀 것은 아니었다.

황금 알을 낳는 거위인 엔터테인먼트 산업은 여전히 그들의 손바닥 위에 있다는 것이 현업에 종사하는 사람들의 말이다.

영향력이 줄어들지 않도록 최전선에서 직접 뛰는 대표적인 인물이 바로 차오웨이였다.

그는 삼합회 산하 연예 기획사인 청화미디어그룹을 이끌며 중국 최대 포털 사이트와 협력을 맺고 자사 아이돌, 배우를 투입한 다양한 콘텐츠를 기획했다.

탁월한 사업 감각과 유행을 읽는 능력은 오랜 기간 업계에 몸담은 종사자들도 혀를 내두를 정도였다.

막내딸인 메이린이 연예인이 되고 싶다고 했을 때, 그는 반대는커녕 적극적으로 뒤를 밀어주었다.

단지 자식의 꿈을 이뤄준다는 차원이 아니라 뛰어난 재능을 가진 가능성 있는 스타를 지원한다는 느낌이었다.

그 결과 드라마 두 개와 영화 한 개에 출연했을 뿐인 그의 딸은 일약 중화권의 스타가 되었다.

"데려왔습니다, 어르신."

하오룽이 젊고 훤칠한 외모의 남자 배우와 함께 방으로 들어왔다.

"앉으세요. 나는 차오웨이라고 합니다. 청화미디어그룹의 명예 고문을 받고 있습니다."

태웅은 그를 보며 범상치 않은 기운을 느꼈다.

말이 명예 고문이지 대표나 다름없을 것이다.

"김태웅입니다."

붉은색 치파오를 입은 젊은 여자가 태웅의 앞에 차를 내려놓았다.

녹차와 같은 연한 녹색에 순한 향이 나는 차였다.

"벽라춘이라는 찹니다. 소주에 있는 동정산이라는 곳에서 나는데 맛이 참 순해요."

점잖게 말했지만 차에 대한 지식이 해박한 태웅은 왠지 찝 찝한 기분이 들었다.

청나라 강희 황제가 좋아했다는 이 차는 황제가 이름을 고 쳐줄 때까지 하살인향차(嚇煞人香茶), 즉 '사람을 죽이는 향기 의 차'라고 불렸다.

'뭐지? 살인 예고인가?'

은근히 불길한 느낌이 들었지만 그는 조용히 차를 입에 흘 려 넣었다.

"고생이 많으셨더군요. 몸은 좀 괜찮으신가?"

"물론입니다. 근데 저보다 따님분이 더 걱정됩니다만."

그 말에 차오웨이는 너털웃음을 지었다.

"김태웅 씨 덕분에 딸아이도 무사합니다. 많은 폐를 끼쳤다 고 하더군요."

'으잉?'

의외였다.

메이린이 자신에 대해서 안 좋은 얘기를 늘어놓았을 줄 알 았기 때문이다.

그래서 손을 봐주려고 불렀을 수도 있다고 각오했다.

"아직 어리고 철이 없어서 투정 많이 부렸을 텐데, 무사히 건강하게 돌아올 수 있었던 건 태웅 씨 덕이라고 생각합니다."

"감사합니다."

어리둥절하긴 했지만 그렇다고 딱히 겸손을 부릴 생각은 없었다.

실제로 그녀 때문에 엄청나게 고생하기도 했고, 그녀가 멀쩡히 돌아올 수 있던 것도 자신 덕분이 맞았으니까.

"그래서 감사 인사를 드리려고 초대한 거니까 부담 갖지 말고 식사나 같이하시죠. 어때요?"

부담을 안 가질 수 없는 상황.

태웅은 마지못해 그의 청을 승낙했다.

"하하하, 좋습니다! 왠지 태웅 씨와는 말이 잘 통하는 것 같군요."

삼합회 간부로 권위적일 거라는 생각과 달리 젊은 사업가 타입인 메이린의 부친은 무척이나 소탈해 보였다.

하지만 태웅은 잊지 않고 있다.

그가 수많은 범죄 행각으로 유명한 세계 최고 폭력 조직의 간부라는 것을.

바로 옆방으로 이동하자 태웅이 깜짝 놀랄 정도로 호화로운 음식이 차려져 있었다.

'만한전석이잖아?'

3일에 걸쳐 150여 가지의 음식을 먹는 초호화 메뉴.

대략 50가지가 넘어 보이는 음식이 원형의 테이블에 가득 놓여 있었다.

"몸보신에 좋은 음식이 많습니다. 천천히 드시죠."

태웅은 그와 마주 앉아 식사를 하면서 감탄했다.

전생에 먹던 만한전석보다도 뛰어난 맛이었다.

"내 요리사는 대륙에서도 다섯 손가락 안에 꼽히는 실력입니다. 앞으로 3일 동안 대화를 나누며 느긋하게 맛보십시다."

'3일 동안 여기를 계속 오란 말이야?'

부담스럽기 짝이 없는 식사 대접이다.

하오룽은 차오웨이의 뒤에서 조금의 움직임도 없이 서 있었다.

태웅은 그를 힐끔힐끔 보며 음식을 입에 넣었다.

눈치가 보이긴 했지만 맛 하나는 정말 훌륭했다.

똑똑.

그때 문 두드리는 소리와 함께 문이 열리며 안으로 누군가가 들어왔다.

메이린이었다.

'뭐야?'

게걸스럽게 먹다가 그녀와 눈이 마주친 태웅은 민망해졌다.

"얘야, 오늘은 새 손님과 식사를 하자."

아무런 얘기도 듣지 못한 듯 메이린 역시 놀란 기색이다.

별다른 말 없이 자리에 앉은 그녀는 젓가락을 집어 들곤 시선을 내리깐 채 음식을 먹기 시작했다.

'어색해 죽겠네. 그런데 음식은 왜 이렇게 잘 넘어가냐.'

*　　　*　　　*

태웅이 머물고 있는 호텔 방 안.

사고 소식을 듣고 헐레벌떡 중국으로 날아온 윤철과 홍구는 태웅이 멀쩡한 것을 보곤 안도의 한숨을 내쉬었다.

윤철은 마가린의 2집 앨범 쇼케이스 및 홍보로 바쁜 일정이었고, 홍구 역시 평소와 다르게 퀴어 영화 촬영으로 인해 매우 분주한 나날을 보내고 있었다.

하지만 거두절미하고 단번에 비행기 표를 끊어 이곳으로 날아왔다.

태웅은 그들이 반갑긴 했지만, 그렇다고 해서 여기에 오래 머물면 곤란했다.

"그래서 앞으로 이틀을 더 갈 생각이야?"

홍구의 말에 태웅은 고개를 저었다.

"그래야 할 이유는 없지. 오늘 초대도 사실 딱히 응할 필요 없었어."

"손가락이라도 잘려 올 줄 알았는데."

"그러게. 손가락이 열 개 멀쩡히 다 있어서 놀랐다니까."

태웅은 그들의 말이 어처구니가 없었다.

"도대체 뭔 소리야? 손가락을 왜 잘라?"

알고 보니 그 소녀　165

"그 메이린이라는 여자애가 네 욕을 했으면 그러고도 남지. 손가락은 너무 약한가? 그 정도 되는 조직이면 아예 팔을 통째로 자르려나?"

물론 가기 전까지는 그도 호랑이 소굴로 들어가는 건 아닐까 생각했다.

하지만 상대방은 매우 점잖고 신사적으로 나왔다.

식사 때 딸을 동석시키면서까지 말이다.

아버지의 부름에 자리에 나왔다가 태웅을 보고 당황하던 그녀의 얼굴이 떠올랐다.

다행히 약간의 동상만 입었을 뿐 다른 곳은 신기하리만치 멀쩡했다.

엄살은 있는 대로 부리더니 은근히 튼튼한 체질인 것 같았다.

우려하던 것과 달리 식사 시간 분위기는 화기애애했다.

차오웨이는 태웅의 신상에 대해 이것저것 물어보았고, 전직 스턴트맨 출신으로 홀로 여동생을 부양하던 과거를 듣고는 감복한 듯 고개를 끄덕였다.

마지막으로 그는 태웅에게 악수를 청하며 중국 진출을 하고 싶으면 얼마든지 도와주겠다는 말을 남겼다.

'하지만 그런 부류와 손을 잡을 수는 없지.'

도움이야 되겠지만 그는 당분간 저들과 인연을 맺을 생각이 없었다.

중국 진출을 한다고 해도 그 작업은 실버문 엔터테인먼트 가 담당할 것이다.

"그런데 너희 여기서 이렇게 뒹굴고 있어도 되냐? 한국 가 봐야 하는 거 아냐?"

느긋하게 호텔 방 바닥에 누워 TV를 보고 있던 윤철이 고 개를 들었다.

"급할 거 없지. 네 중국 스케줄도 정리해야 하니까 우린 신 경 안 써도 돼."

"내 스케줄? 영화 촬영 말고 또 있어?"

그 말에 윤철이 씨익 웃었다.

"CF 들어온 것만 벌써 네 개에 인터뷰 요청은 셀 수도 없 다. 다 중국 쪽 얘기야."

이번 사고로 인해 중국 내에서 그의 이름을 모르는 사람이 없게 되었다는 것이다.

이걸 전화위복이라고 해야 할지…….

"마가린 앨범 활동이랑 홍구 촬영은 어떻게 하고?"

"가린이는 서포트할 팀을 뽑아뒀어. 홍구도 사정을 얘기해 서 며칠 빼놨고."

'굳이 그럴 필욘 없는데.'

"그러고 보니 너 중국 예능 찍었더라? 한국에서 좀 나가자 고 할 때는 듣는 둥 마는 둥 하더니."

"봤어?"

"그럼 봤지. 그거 모르는 사람이 어디 있어?"

한국에서도 중국의 '런닝프렌즈'에 출연한 태웅의 대활약이 인터넷을 통해 퍼지면서 화제가 됐다고 한다.

가는 곳마다 사건 사고가 터지는 그였기에 아직 경력이 많지 않음에도 불구하고 유명세에 있어서는 오랜 경력의 톱스타 못지않았다.

"송하나 감독이 좋아하더라. 그 사람 입장에서는 완전 땡잡은 거지."

태웅은 잠시 잊고 있던 또 다른 차기작을 떠올렸다.

대략 3, 4월에 크랭크인할 판타지 로맨스 영화 '치명적 러브'.

기간을 따지고 보면 거의 쉴 틈도 없이 촬영에 들어가야 한다.

게다가 제대로 된 멜로 연기를 선보여야 하는 만큼 빠른 시간 안에 배역에 몰입도 해야 했다.

어차피 지금 영화의 촬영은 막바지에 이르렀으니 슬슬 준비하면 될 것 같았다.

"그런데 상대 여배우가 누구야?"

"참, 그걸 얘기 안 했네."

그녀의 이름을 듣고 태웅은 고개를 갸우뚱했다.

"진짜?"

최예린.

현재 한국에서 가장 인기 있는 미녀 배우.

온갖 CF를 섭렵하고 톱스타들과의 스캔들을 일으키기도 한 그녀.

"꽤 거물인데?"

"요 몇 년간 영화를 못 찍었잖아. 심한 슬럼프였대."

연기력에 있어서도 나쁘지 않은 평가를 받던 그녀가 새 영화를 찍지 않고 있어 많은 추측이 오갔다.

슬럼프가 왔다면 이해할 만도 했다.

"잘되던 연기가 아예 불가능했대. 대사 한마디 내뱉는 것도 힘들다고 하더라고."

"그런데 영화를 찍을 수 있어?"

"어느 정도 회복했으니까 나온다고 했겠지. 나름 재기작인 셈이지."

'힘들겠군.'

상대 여배우의 상태가 안 좋다면 연기를 하는 데 있어 좋은 상황은 아니다.

연기도 합이 중요하기에 상대가 제대로 받아주지 못한다면 이쪽도 김이 새고 만다.

'부디 크랭크인 전까지 완전히 회복되어야 할 텐데……'

*　　　*　　　*

'결심, 하다'의 촬영이 재개되었다.

남은 촬영분은 주인공 결심이 산간지대 마을을 떠난 후 중국 본토로 향하는 클라이맥스 부분이다.

결심을 사로잡으려는 일본군이 나타나고, 그는 곤경에 처하게 된다.

꼼짝없이 사로잡혀 다시 포로수용소로 끌려가게 될 지경.

하지만 예전에 그를 도운 이송의 독립군이 일본군에 급습을 가하면서 포박을 풀고 탈출하게 된다.

중국 본토로 향하면서 결심은 드디어 모든 고난과 시련을 극복하고 간절히 원하던 자유를 얻게 된다.

남은 촬영은 그야말로 일사천리로 진행되었다.

날씨도 급격하게 따뜻해지면서 기상이변이라고 할 정도로 따뜻한 나날이 계속되었다.

배우들의 연기 또한 물이 올라서 NG도 거의 나지 않고 합이 맞아떨어졌다.

독립군의 희생으로 중국 본토로 숨어든 결심이 상하이에 나타나는 신을 끝으로 마침내 '결심, 하다'의 중국 로케는 대단원의 막을 내렸다.

"야호!"

촬영이 끝나자 태웅과 유지니를 비롯한 배우들이 일제히 환호성을 질렀다.

스태프들도 서로 눈빛을 교환하며 그동안의 노고를 치하했다.

온갖 우여곡절을 겪으며 끝난 촬영이었기에 더욱 각별한 의미로 다가오는 듯했다.

"태웅 씨, 수고했어! 정말 수고했어!"

배준화가 태웅을 꼭 끌어안으며 말했다.

'윽! 왜 이래?'

영 느낌이 좋지 않지만 태웅은 그의 어깨를 두드려 주었다.

이 순간만큼은 즐거운 기분을 나눠도 될 것 같았다.

                    *   *   *

중국 로케를 마치고 철수 준비를 하느라 제작진이 분주한 사이, 배우들 역시 귀국 준비를 하고 있었다.

워낙 어려운 촬영이었기에 각기 휴식을 취하기도 하고 일부는 먼저 귀국하기도 했다.

메이린의 경우 중국 로케에서 합류한 배우이기에 여기까지가 끝이었다.

마지막 촬영 후 그녀는 배우와 스태프들에게 간단히 작별 인사를 했다.

숙소 주변을 느긋하게 산책하며 여유를 즐기고 있던 태웅은 검은 정장에 스포츠머리의 건장한 사내가 자신을 향해 다가오는 것을 봤다.

"김태웅 씨, 안녕하십니까?"

메이린의 매니저(라고 쓰고 보디가드라고 읽는다) 하오룽이었다.

"무슨 일이신지……?"

태웅이 입을 열기 전 고서윤이 앞으로 나서며 말했다.

유독 경계하는 것은 상대 신분이 범상치 않기 때문일 것이다.

보이지 않는 신경전을 벌이는 폼에 아무래도 이 둘은 언젠가 고즈넉한 곳에서 주먹의 대화를 나눠야 되지 않을까 싶다.

"저희 아가씨께서 인사를 드리고 싶다고 하십니다. 30분 후에 저쪽 정자에서 뵐 수 있을까요?"

다른 사람들과는 이미 작별 인사를 나눈 것으로 알고 있기에 태웅은 의아했다.

하지만 같이 조난당한 것도 인연인데 굳이 인사를 하겠다면 받지 않을 이유는 없었다.

"좋습니다. 안 될 거 없죠."

"감사합니다. 그럼 기다리고 있겠습니다."

그는 정중하게 고개를 숙이고 사라졌다.

"무슨 수작을 부리려는지 모르겠지만 조심하셔야 할 것 같습니다만."

"너 말이야, 요즘 너무 의심병이 심한 거 아냐? 나 그렇게 과보호 안 해도 돼."

"스타에게 이 정도 경계는 필수입니다."

"오호, 나 벌써 스타 된 건가? 고 매니저의 인정을 받았구나. 하하하!"

태웅의 말에 그가 정색했다.

"모르시는 것 같군요. 형님 정도면 누가 뭐라고 해도 명실상부한 스타십니다."

"그런가?"

언론의 주목을 받고 있긴 하지만 아직 실감이 나진 않았다.

"그런데 최수빈 씨는 뭐 하지? 돌아가는 비행기에서도 내 옆자리 탈 건 아니지?"

그 말에 고서윤이 헛기침을 했다.

"슬슬 준비하시죠. 그래도 여배우가 인사를 하겠다고 하니 조금은 꾸미시는 게 좋겠습니다."

'말 돌리는 것 봐라.'

태웅은 씨익 웃고는 자기 방으로 돌아가 파카와 추리닝을 벗고 청바지와 티셔츠, 코트로 갈아입었다.

차오웨이와의 식사에서는 모르는 사람처럼 새침을 떨던 그녀이기에 무슨 말을 할지 궁금했다.

숙소 근처는 한적한 편이었지만 그래도 알아보는 사람이 있을 수 있었다.

두 사람이 요즘 워낙 유명세를 타고 있기 때문이다.

'그나저나 노튼이랑 작별 인사를 못 했네.'

태웅의 사고를 듣자마자 비행기를 타고 날아와 구조대에 합류, 큰 도움을 준 그다.

그는 태웅이 무사하다는 사실을 확인하곤 다시 돌아갔기에 제대로 된 감사 인사도 하지 못했다.

유스 곤 와일드를 함께 촬영하면서 조금이나마 배운 생존 지식이 아니었다면 조난당했을 때 위험할 수도 있었다.

'다음 회 출연 때는 투덜거리지 말아야겠다. 정말 고마운 녀석이야.'

이런저런 생각을 하고 있으니 어느덧 약속된 시간이 됐다.

정자로 나가자 발목까지 오는 트렌치코트를 입고 얼굴의 반을 가린 선글라스를 쓴 메이린이 보였다.

선글라스가 크다기보다 얼굴이 너무 작은 느낌이다.

"오래 기다렸어요?"

미소를 지으며 말을 걸자 그녀는 잠시 그를 물끄러미 바라보다가 입을 열었다.

"조금 됐어요. 숙녀를 기다리게 하다니 실례예요."

"아니, 약속 시간은 아직 5분 남았는데……."

"10분은 일찍 나와 기다려야죠. 암튼 가요."

"어디를요?"

"오늘 하루 시간 되죠? 계곡이나 보러 가요."

"계곡?"

계곡이라면 산을 말하는 것 같은데…….

그렇게 산에서 조난당해 고생해 놓고 싫지도 않은가 보다.

"계곡은 그동안 많이 보지 않았어요?"

말을 내뱉은 태웅은 흠칫했다.

선글라스 너머로 그녀가 노려보는 게 느껴졌다.

"그런 데 말고 진짜 좋은 데가 있어요. 싫으면 말고요."

그녀는 대뜸 앞장서서 걸어가기 시작했다.

멀찍이 거리를 두고 서 있던 하오룽이 황급히 뒤따라갔다.

"이거 가야 되는 건가?"

태웅의 말에 고서윤이 고개를 끄덕였다.

"일단은 숙녀의 요구이니 맞춰줘야 되지 않을까 싶습니다
만."

"끄응……."

태웅은 마지못해 그녀의 뒤를 따랐다.

한참 동안 어딘가로 걸어가던 그녀가 도로에 정차하고 있
는 검정 리무진 앞에 섰다.

"에?"

태웅이 어정쩡하게 멈춰 서자 그녀가 다시 뚱한 표정을 지
었다.

"뭐 해요? 빨리 타요."

"가까운 데 가는 거 아니었어요?"

"진짜 좋은 데 간다고 했잖아요."

별수 없이 태웅은 그녀의 뒤를 따라 리무진에 올랐다.

고서윤이 타려고 하자 그녀가 못마땅한 표정을 지었다.

"내 매니접니다. 같이 안 가면 못 갑니다."

"누가 뭐래요? 얼른 타요."

운전기사까지 포함해 다섯 명이 리무진에 올랐다.

워낙 차 안 공간이 넓어서인지 덩치 큰 남자들이 있음에도 조금도 비좁지 않았다.

'이런 차에 타보는 것도 오랜만이군.'

최수빈의 차도 좋긴 했지만 이렇게 귀빈용 차는 아니었다.

널찍한 차 내에는 은은한 향이 감돌았고, 감미로운 클래식 음악 선율이 흘러나왔다.

한참 동안 도로를 질주한 차는 광활한 초원을 가로지르다 긴 활주로 같은 곳에 도착했다.

'으잉? 여기가 어디야?'

차가 멈춰 선 곳은 공터였고, 그 가운데에 헬기가 보였다.

"이게 뭡니까?"

"헬기 타고 갈 거예요. 군말 좀 그만하고 시키는 대로 따라와요."

점점 기가 막혔다.

무슨 천국의 계곡이라도 보러 가는 건가?

헬기를 타고 다시 한참을 간 곳은 마치 무협 영화에서나 나올 법한 웅장한 산의 정상이었다.

정상 한가운데에 헬기 착륙장을 만들어놓았는데, 그녀 가문 수준의 사람들만 이용할 수 있는 명당인 것 같았다.

'설마 여기서 떨어뜨리려는 건 아니겠지?'

별의별 생각이 다 들었지만 고작 그 하나 해하려고 이 고생을 할 필요는 없다는 생각에 태웅은 마음을 놓기로 했다.

헬기에서 내려 주변을 둘러보니 까마득한 산 아래의 풍경이 한눈에 들어왔다.

절벽 곳곳에 카펫처럼 깔린 구름이 신선놀음하듯 떠다니고 있었고, 영화 '아바타'에서나 볼 법한 아름다운 산봉우리들이 하늘을 떠받드는 거인처럼 우뚝 솟아 있었다.

마치 천상의 신선이 되어 인간 세상을 내려다보는 기분이랄까?

멍해진 태웅이 황홀경에 빠져 있는 것을 본 메이린이 보일 듯 말 듯한 미소를 지었다.

"어때요? 고생해서 올 만하죠?"

그녀의 말에 그는 고개를 끄덕였다.

"정말 멋져요. 이렇게 멋진 풍경은 거의 본 적이 없는 것 같아요."

"다행이네. 그쪽도 감탄하는 게 있구나."

"이봐요. 그래도 나름 많이 보고 지냈는데 그쪽이 뭡니까?"

"그럼 뭐라고 해요?"

"많은 단어가 있죠. 생명의 은인이라거나 친애하는 명배우라거나……."

"뭐래?"

농담으로 한 말이지만 역시 씨알도 먹히지 않았다.

"고마워요."

"…네?"

워낙 작은 목소리라 잘못 들었나 싶어 되물었다.

"살려줘서 고맙다고요. 말 안 했다고 고마워하지 않은 거 아니에요."

그녀가 수줍은 듯 고개를 숙이며 말했다.

태웅은 그녀를 빤히 보다가 살짝 웃었다.

이거 꽤 귀엽잖아?

"이야, 이제야 그 한마디를 듣네. 그래도 고마운 건 알긴 아는 거죠? 혹시 누가 그 말 하는 거 볼까 봐 여기까지 와서 하는 거예요?"

깐죽거리는 그를 본 그녀가 다시 인상을 쓰며 입을 내밀었다.

"뭐야, 진짜? 사람이 기껏……."

그녀는 뒤쪽에 서 있는 하오룽을 보며 눈짓했다.

"하오룽, 저 인간 확 아래로 밀어버려."

그녀의 말에 하오룽이 어찌할 바를 모르고 쭈뼛거렸다.

고서윤이 눈을 부라리며 앞으로 나섰다.

"드디어 본색을 드러내시는군!"

따악!

"윽!"

처음으로 구타를 당한 고서윤이 뒤통수를 어루만지며 고개를 돌렸다.

"뭘 봐? 그냥 얌전히 있어!"

"지금 메이린 씨가 한 건 살인 지시입니다만……."

"너 확 스위치 꺼버린다?"

두 사람의 콩트를 지켜본 메이린이 깔깔대며 웃었다.

"뭐야? 완전 바보들이잖아?"

하오룽 역시 참을 수가 없는 듯 실실대며 웃었다.

아무래도 태웅과 그의 매니저가 덤 앤 더머처럼 보인 모양이다.

*　　　*　　　*

다시 헬기를 타고 근처의 별장 같은 곳으로 이동한 태웅과 메이린은 따뜻한 차를 마시며 경치를 감상했다.

이런 별천지 같은 곳에서 여유를 즐기며 쉴 수 있다는 게 놀라웠다.

'역시 중국 부자들의 스케일이란……'

그 역시 전생에서 만만찮은 호사를 누렸지만 새삼 감탄하지 않을 수 없었다.

"우리 아빠 어때요? 무섭죠?"

메이린의 말에 태웅은 고개를 끄덕였다.

물론 삼합회라고 해서 두려워할 그가 아니었지만, 지금 상황에서 아니라고 하는 것도 허세 같아 보였기 때문이다.

"세상 사람들이 말하는 것처럼 악당은 아니에요. 나 어릴 때 엄마가 돌아가셨거든요. 그때부터 죽 재혼도 안 하시고 나만 챙기며 살았어요. 물론 다른 사람들에게는 나쁜 사람일 수도 있지만 한 사람의 아버지, 남편으로서는 성실하고 헌신적이었어요. 그러니까 안 좋게만 생각하진 말아줬음 좋겠어요."

"안 좋게 생각? 제가요?"

그녀가 그럼 누구냐는 듯 동그란 눈으로 그를 빤히 바라보았다.

커다란 눈과 까만 동공이 유독 순진해 보였다.

"딱히 안 좋게 생각하는 건 아닙니다."

물론 좋게 보는 것도 아니지만.

그냥 관계를 맺고 싶지 않을 뿐이다.

하지만 그 말에 그녀는 뭔가를 오해한 듯 침울하던 얼굴이 환해졌다.

"다행이다. 지난번 식사할 때도 조금 그랬어요. 억지로 불려 와서 싫어하는 건 아닐까 하고……."

그때는 자신에 대한 감정이 좋지 않다거나 불편하고 어색해서 아무 말 하지 않는 줄 알았는데…….

이제 보니 태웅의 기분을 의식했다는 말인 듯하다.

'생각보다 여리군. 역시 아직 어린애인가?'

스물한 살이라고는 하지만 귀한 외동딸로 공주 대접을 받으며 자랐을 것이다.

아버지 덕분에 험한 연예계에서 딱히 더러운 꼴도 보지 않았겠지.

그렇게 생각하면 정말 세상 물정 모르는 순진무구한 소녀이다.

다과를 대접받고 이런저런 얘기를 나누다 보니 어느새 시간이 꽤 지나 버렸다.

"맛있는 음식 잘 먹었습니다. 좋은 경험이었어요."

"다음에 또 먹으러 와요. 우리 집 요리사 아저씨, 요리 엄청 잘해요."

그 정도 솜씨면 미슐랭 쓰리스타 이상은 충분히 되는 셰프이다.

그런 사람을 전용 요리사로 쓰고 있다니……

아무리 그래도 그 집에 가고 싶은 마음은 없었다.

하지만 초롱초롱해진 메이린의 눈빛을 보며 그는 예의상 고개를 끄덕여 주었다.

"그래요. 초대해 주신다면 저야 영광이죠."

*   *   *

두 사람이 즐거운 시간을 보내는 것을 멀찍이에서 지켜보며 하오룽은 묘한 기분이 들었다.

갑작스레 나타나 아가씨의 마음을 사로잡은 저 한국인 배우는 물론 늘 껌딱지처럼 붙어 다니는 매니저라는 남자 또한 보통 신경 쓰이는 게 아니었다.

보스인 차오웨이의 명령으로 그는 태웅의 뒷조사를 했다.

전직 스턴트맨 출신 배우로 여동생과 단둘이 살고 있다는 것 외에는 그다지 특이한 점이 없었다.

문제는 그의 주변을 맴돌며 스토커를 방불케 하는 몇몇 사람들이었다.

특히나 수이시오빈, 한국 이름으로 최수빈이라는 남자는 예사 인물이 아니었다.

조사해 본 바에 따르면 그는 상상 이상으로 거물이었다.

단지 한국과 중국을 넘나드는 사업가가 아니라 세계적인 수준의 거물.

그런 그가 왜 한국의 일개 배우에게 그렇게 관심을 쏟고 있는지 의아할 정도였다.

'뭔가 있는 건가? 혹시 어르신이나 아가씨에게 위해가 된다면……'

만에 하나의 가능성이라도 있다면 그는 조금도 주저 없이 행동에 나설 생각이다.

물론 그가 모시는 주인의 명령이 있기 전까지는 경거망동할 수 없지만 말이다.

  해맑게 웃고 있는 메이린의 표정을 보면서 그는 다시 한번 매니저 및 보디가드의 임무를 다하겠다고 굳게 다짐했다.

S# 4
입국과 동시에 밀려드는 스케줄

귀국행 비행기에 오르며 태웅은 감회에 젖었다.

조난에 삼합회, 중국 국민 여동생과의 데이트까지…….

이렇게 다사다난한 중국 로케가 될 줄은 미처 몰랐다.

'재미야 있었지만 다시는 조난당하고 싶지 않은걸.'

창밖으로 광활한 땅덩어리가 펼쳐졌다.

저 넓은 곳을 가로지르고 눈 덮인 산길을 걸었다.

스스로 생각해도 대견할 정도였다.

[미션: '결심, 하다'의 촬영을 마무리하세요.]

[이제부터는 출연 작품의 관객 수, 또는 시청률에 따른 비율 계

산으로 라이프 포인트가 주어집니다.]

시스템 메시지가 귓가에 들려오는 바람에 태웅은 밀려오던 졸음이 싹 사라졌다.

'호오, 그럼 작품이 흥행할수록 더 많은 포인트를 얻는단 말이지?'

영화면 관객 수, 드라마면 시청률.

예상하기 편해서 좋다.

'근데 작품성이나 연기력 같은 건 영향을 못 주는 건가?'

아마 추가 미션을 통해서 얻을 수 있는 라이프 포인트도 있을 것이다.

현재 그의 남은 나날은 200일 남짓 되므로 여유는 있었다.

'후반 작업에 개봉까지 계산하면… 휴식 따윈 할 수 없는 건가?'

끊임없이 작품 활동을 해야만 목숨을 부지할 수 있다는 계산이 나온다.

태웅은 급격한 피로를 느끼며 눈을 감았다.

이 지겨운 굴레를 벗어나려면 하루빨리 월드 스타가 되는 방법밖에는 없었다.

*   *   *

입국하여 공항 게이트를 통과하자마자 플래시 세례가 쏟아졌다.

정신없이 번쩍이는 불빛에 태웅은 눈이 부셔서 고개를 돌렸다.

"김태웅 씨! 여기 좀 봐주세요!"

"입국하신 소감 한 말씀 부탁합니다!"

"조난당한 후 컨디션은 어떠신가요?"

기자들의 질문이 홍수처럼 쏟아지자 태웅은 정신을 차릴 수가 없었다.

뒤따르던 일행이 눈살을 찌푸렸다.

고서윤이 신속하게 앞으로 나서며 기자들을 막아섰지만, 워낙 쪽수가 많아서인지 태웅은 물밀 듯한 취재 공세에 시달려야 했다.

"안 되겠다! 난 먼저 뛸 테니 다들 알아서 잘 따라와!"

태웅은 기자들을 따돌리기 위해 전속력으로 달려 나갔다.

그가 뛰자 기자들도 놓칠 수 없다는 듯 뒤따라 뛰기 시작했다.

'한 체력들 한다 이거지? 그래도 나한텐 어림없지.'

아무리 발로 뛰는 직업인 기자들이라고 해도 진짜 발로 얼마나 뛸 수 있을지는 해봐야 안다.

태웅은 전속력으로 공항 안을 빙빙 돌았다.

그를 따라 뒤쫓는 취재진으로 인해 공항은 난장판이 되었다.

'어디 따라올 테면 따라와 봐라!'

처음엔 심술이 났지만 지금은 흥이 치솟았다.

꼴 보기 싫은 기자들을 골탕 먹이는 기분에 절로 콧노래가 나왔다.

전생에서도 이렇게 수많은 파파라치를 탈진시키곤 했다.

하나둘씩 나가떨어지는 기자들과 웃음을 터뜨리는 사람들을 보며 그는 카타르시스를 느꼈다.

현장에서 그 모습을 지켜보던 사람들이 하나둘 핸드폰을 꺼내 찍기 시작했다.

SNS에 올라온 태웅과 기자들의 추격전이 실시간으로 인터넷에 퍼지면서 '김태웅 공항 추격전', '김태웅 기자 따돌리기' 등의 검색어가 또다시 검색어 순위 상위권을 장식했다.

—저거 뭐냐? ㅋㅋㅋ 무슨 피리 부는 사나이도 아니고.

—기레기들 임자 만났네. 체력 안 받쳐주면 취재도 못 해먹겠다.

—김태웅, 너무 체력으로 승부하는 거 아니야? 지가 무슨 육상 선수야, 뭐야?

—직업을 잘못 택했다. ㅋㅋ 런닝프렌즈에서 중국 애들 씹어먹을 만하네.

국가 대표 체육 배우가 된 듯한 기분을 느끼며 태웅은 공항을 빙빙 돌고 돌아 주차장까지 질주했다.

"야, 기자들 다 죽일 일 있어? 대체 몇 바퀴를 돈 거야?"

이미 따로 와서 기다리고 있던 실버문 식구들이 어이없어하며 물었다.

"왜? 아직도 따라와?"

뒤를 돌아보니 기자들은 어느새 전멸이었고 멀리서 고서윤만 발에 모터를 단 듯 열심히 뛰어오고 있었다.

"역시 알파고… 미친 체력이구먼."

땀 한 방울 흘리지 않는 자신은 제쳐두고 하는 말에 다들 기막혀했다.

차 앞에 도착한 고서윤이 숨을 몰아쉬며 입을 열었다.

"늦어서 죄송합니다. 어서, 어서 가시죠."

그 말과 함께 그는 쓰러지듯 차에 올랐다.

"이 인간 매니저도 극한 직업이구먼. 쯧쯧."

윤철이 혀를 찼다.

특전사 출신 매니저마저도 기진맥진하게 만든 무쇠 체력의 배우라니…….

＊　　　＊　　　＊

실버문 엔터테인먼트의 유일한 가수 마가린에게는 로드매니저와 코디, 메이크업 담당이 따로 붙었다.

이제 회사 수입도 상당히 늘어난 이상 인력 충원을 하지 않을 이유가 없었다.

불낙이 심혈을 기울여 만든 메인 타이틀곡 '루시아'가 음원 사이트에 선공개되면서 단번에 높은 순위까지 치고 올라갔다.

별다른 광고나 음악 프로그램 출연을 하지 않았음에도 수위권의 아이돌 신곡들에 밀리지 않았다.

"비결이 뭐야? 그냥 노래가 너무 좋아서 뜬 건가?"

"그럴 리가 있냐? 요즘 세상에."

윤철이 피식 웃으며 태웅의 말을 비웃었다.

"마케팅이란 게 뻔하지. 일단 타이틀곡은 인기 절정 프로듀서 불낙이 준 노래라는 점을 어필하고, 후속곡은 같은 회사 소속 배우이자 요즘 핫한 배우 김태웅이 특별히 선물했다. 이 두 포인트면 충분해."

"고작 그걸로 이렇게 잘 먹힌단 말이야?"

"말했잖아. 마케팅이란 건 포인트만 잘 잡고 굵직한 걸로 단순하게 가는 게 최고라고. 자잘하게 이것저것 해봐야 소용없어."

역시 1인 기획사로 혼자 좌충우돌하며 업계 물을 먹어서인지 머리가 잘 돌아가는 윤철이다.

"아직 가린이가 음원 외에는 이미지 소비를 많이 안 한 것도 크지. 보통 이럴 때면 얼굴 드러내고 여기저기 나오고 해

야 되는데 요즘 추세답지 않게 조용하니까 궁금해하는 사람
이 많아."

이미 1집을 낸 가수지만 워낙 묻혔던 터라 뒤늦게 인터넷으
로 검색해 보고 1집 노래를 찾는 사람도 많았다.

하지만 워낙 달라진 콘셉트인 만큼 이번 앨범과는 많이 다
른 1집을 듣고 고개를 갸우뚱하게 될 것이다.

"루시아 뮤비는 그냥 신비한 콘셉트를 강조했어. 화려하지
않고 수수하게 찍었지."

"괜찮네. 딱 호기심을 유발할 정도야."

2집 타이틀곡 루시아의 뮤직비디오는 흑백 TV 화면 같은
아날로그 느낌을 강조한 영상이었다.

화려하고 눈 아픈 뮤직비디오들과 비교하면 오히려 이런 담
백한 스타일의 영상이 튀었다.

"그리고 후속곡 '스무디 스무디'도 슬슬 찍어야 하거든? 이
번 주에 바로 찍을 거니까 준비하고 있어."

예전부터 윤철이 줄곧 말해온 뮤직비디오 촬영이다.

게다가 미뤄둔 CF 촬영에 줄줄이 잡힌 인터뷰까지…….

한국에 돌아오자마자 수많은 스케줄이 그에게 밀려들고 있
었다.

"나 좀 쉬자. 오자마자 너무 빡센 거 아냐?"

"만한전석 얻어먹고 메이린이랑 데이트까지 했으면 호사로
운 휴식 아니었어?"

윤철이 호탕하게 웃었다.

"그게 무슨 휴식이냐? 국제 깍두기들 사이에 둘러싸여서 밥이 제대로 들어간 줄 알아? 조금이라도 그 여자애한테 실례를 했다가는 바로 칼로 날 쑤실 듯한 애들이 눈을 부라리고 있는데."

"암튼 어디 가서 그런 소리 하지 마. 요즘 우리나라에서도 메이린 인기가 하늘을 찌르는데. 너 그러다가 밤길에 뒤통수 맞을라."

'팔대문파'의 한국 개봉 시기와 맞물려 태웅과 함께 조난당한 메이린의 얼굴이 연신 뉴스를 장식했다.

귀엽고 아름다운 매력을 뽐내는 그녀이다 보니 한국에서도 당연히 인기가 치솟을 만했다.

"유지니가 위협을 느끼겠는데? 걔는 이번에 별 존재감 없었잖아."

"비중 자체가 크지 않으니까. 그냥 여자 독립군 역할로 잠깐 나오는데, 뭐."

"비중 많이 없는 건 메이린도 마찬가지 아니야?"

"그래도 유지니보다는 훨씬 많아. 그리고 중간에 분량도 늘어났고."

유지니가 맡은 여자 독립군 이송 역에 비해 메이린이 맡은 밍밍 역이 분량이나 캐릭터의 매력 면에서 압도적으로 우세했다.

이대로 개봉한다면 한국에서도 유지니보다 메이린에게 시선이 훨씬 많이 갈 것이 뻔했다.

'강지나 대표가 섭섭해하겠는데?'

자기 회사와 계약을 맺은 여배우의 이적 후 첫 출연 작품이다.

직접 중국 로케 현장까지 날아가 챙겨줬는데도 딱히 이슈가 안 된다면 꽤나 아쉬울 것이다.

"아참, 강지나 대표랑도 미팅 잡혀 있다."

"왜?"

"삼원 그룹 계열사 중에 삼원 건설이라고 있잖아. 거기서 CF 들어왔어."

"오호!"

삼원 건설이라고 하면 건설 업계에서 수위를 다투는 삼원 그룹의 핵심 계열사 중 하나이다.

그런 굴지의 대기업에서 태웅을 아파트 모델로 쓰겠다는 것이다.

"아파트 모델이면 아파트 한 채 주는 거예요?"

태선이 초롱초롱한 눈을 빛냈다.

동생의 기대를 깨부수긴 싫었지만 태웅은 현실을 말해주기로 했다.

"철도 광고 찍는다고 기차 한 대 주냐? 항공사 광고 찍는다고 비행기 한 대 줘?"

면박을 당한 태선이 입을 삐쭉거렸다.

"쳇, 대기업 광고도 별거 없네."

"그래도 광고비는 꽤 높게 책정될 거야. 나도 딜 열심히 해볼게."

한창 최고의 주가를 달리고 있는 태웅이다.

첫 주연을 맡은 이번 영화마저 흥행에 성공한다면 단연코 충무로에서 다섯 손가락 안에 드는 기대주가 될 것이다.

"그런데 삼원 그룹에서 광고를 주는 건데 왜 ROD 대표가 나서는 거지?"

"어차피 한식구니까. 그쪽 마케팅 팀 일도 연예인이랑 관련된 건 ROD가 다 전담해서 하나 보지, 뭐. 사실 기획사가 있으면 그쪽이 맡는 편이 실무적으로 훨씬 편하고 수월할 테니까."

그럴 수도 있겠다고 태웅은 납득했다.

하지만 실제로는 강지나가 자신이 직접 태웅을 선택하겠다고 고집을 부렸기 때문이다.

애당초 모델 선정에 있어서도 적극적으로 의견을 전달한 것 역시 그녀였다.

삼원 그룹 회장 강부식은 똑똑하고 진취적인 손녀가 하는 일은 거의 하이 패스라고 할 정도로 전적으로 신뢰하고 있었다.

그래서 긍정적인 이미지가 꼭 필요한 삼원 건설 아파트 브랜드 광고 모델로 태웅을 발탁한 것이다.

찍기로 예정된 CF만 네 개.

잠깐의 촬영으로 벌어들이는 돈이 수십억 원에 이른다.

괜히 성공한 연예인이 돈을 쓸어 담는다고 하는 게 아니었다.

"송하나 감독한테는 연락 왔어?"

"엉. 저기 구석에 있는 박스 보이지? 너 몸보신하라고 보내준 영양제란다."

"뭐, 저런 걸 다……."

'치명적 러브'의 대본 리딩이 바로 다음 주로 잡혀 있었다.

태웅에게는 너무 가혹한 스케줄이 아니냐고 할 수도 있었지만, 사실 그를 위해 미룰 만큼 미룬 크랭크인이다.

"그런데 새 배역에 그렇게 빨리 몰입할 수 있겠어? 시간이 좀 필요하지 않나?"

"시간은 무슨… 나한테는 몰입이 그렇게 오래 걸리지 않아."

태웅은 자신 있게 말했다.

전생에서도 그는 둘째가라면 서러울 다작 배우였다.

두세 작품을 동시에 들어간 적도 있었다.

게다가 이번에는 육체적으로 큰 부담이 없는 멜로 영화였기에 한결 부담이 덜했다.

"대표님, 잊으신 게 하나 있습니다만."

"응?"

고서윤의 말에 윤철은 뭔가를 곰곰이 생각하다가 무릎을
쳤다.

"맞다. 당장 다음 주에 해야 할 일이 있어. 그동안 준비는
꾸준히 해놓고 있었는데 말을 미처 못 했네."

"뭔데?"

윤철이 씨익 웃으며 말했다.

"배우 김태웅, 팬들과 만나다!"

"…팬미팅?"

태웅은 난감한 기분에 빠져들었다.

그에게는 팬들과의 만남보다 눈 덮인 산길을 가는 연기가
더 쉽기 때문이다.

*　　　　*　　　　*

사무실 한구석에 쌓여 있는 수많은 포장 박스를 본 태웅이
입을 쩍 벌렸다.

"이게 다 뭐야?"

"형님에게 도착한 선물입니다. 바로 '조공'이라고 하는 것이
죠."

이미 많은 팬들이 인터넷상에서 태웅에게 열렬히 응원을
보내고 있었다.

팬카페 역시 만들어진 지 몇 달이나 됐는데 태웅은 전혀

모르고 있었다.

"팬 관리에 너무 소홀했구먼."

물론 전생에서 그런 건 해본 적도 없다.

그냥 알아서 씨익 웃어주면서 '저를 사랑해 주신 팬 여러분, 알러뷰!' 하면 모두 태풍을 만난 갈대처럼 거품을 물고 넘어갔다.

하지만 지금은 그럴 수 없었다.

그 정도의 인기와 카리스마도 없거니와 스스로 그러고 싶지 않았다.

'적당히 관리를 해주는 것도 롱런의 비결이겠지?'

"그래, 팬레터도 많이 왔을 테니 함 까보자."

전자 기기가 발달한 시대지만 팬덤 문화에서는 여전히 손으로 편지를 써서 주는 팬레터가 주류였다.

직접 손 글씨를 씀으로써 스타에게 자신의 정성을 보여주고 조금 더 애틋한 감성을 전달한다는 장점이 있었다.

그리고 답신으로 역시 스타가 직접 손으로 쓴 감사 편지를 받는다면 팬과 스타 사이의 교감은 한층 더 깊어질 것이다.

"대부분 직접 손으로 쓴 팬레터네요. 대단한 정성이에요."

각양각색의 편지지에는 글씨 외에도 온갖 이모티콘과 그림, 스티커 등이 난무하고 있었다.

딱 봐도 보통 정성이 아니었다.

"오오, 이거 진짜 장난 아닌데?"

유치원생들이 가지고 노는 종이 모빌같이 만들어놓은 것도 있었다.

게다가 팬레터만 온 것은 거의 없었고 대부분 선물을 동봉했는데 향수부터 목도리, 손난로, 시계 등등 종류도 다양했다.

대단한 정성이다.

팬을 떠나 인간적으로 이렇게 받고 아무런 답을 안 한다면 예의가 아닐 것이다.

"펜하고 편지지 좀 갖다 줘봐."

"답신을 해주시려는 겁니까?"

"뭐, 딱히 어려운 것도 아니니까 이 정도야, 뭐."

"지금까지 온 게 500통이 넘습니다만."

"그럼 넉넉하게 사와."

그의 말에 태선이 킥킥거렸다.

"무슨 무쇠 팔도 아니고⋯ 사인만 500개를 해도 손목 나갈 텐데 괜찮겠어?"

"껌이지."

딱히 팬들에게 큰 고마움을 느끼거나 하는 것은 아니다.

스타로서 해야 할 의무 같은 것이다.

고서윤이 펜과 편지지, 시키지도 않은 스티커까지 잔뜩 사왔다.

태웅은 테이블 위에 그것들을 늘어놓은 후 소파에 각을 잡고 앉아서 답신을 쓰기 시작했다.

*　　　*　　　*

3시간 후.

'팔 떨어져 나가겠네!'

손목에서부터 퍼지는 저릿한 통증 때문에 태웅은 정신을 차릴 수가 없었다.

지금까지 쓴 답신은 고작 24통.

'앞으로 더 많은 편지가 올 텐데 고작 500통에 이 모양이라니……'

아무래도 이 일을 너무 얕본 모양이다.

게다가 이젠 레퍼토리도 바닥났다.

"것 봐. 내가 처음부터 무리라고 했지?"

태선이 그럴 줄 알았다는 듯 혀를 찼다.

"팬레터 받고 설레는 건 알겠는데, 오버하다간 손목 나간다."

"크윽……."

질 수 없다는 생각에 태웅은 다시금 전력을 다해 편지를 써 내려갔다.

두 시간 후, 그는 여력이 다했음을 깨달았다.

이제는 펜을 쥐고 있는 손에 감각마저 무뎌졌다.

"제가 할까요?"

고서윤의 말에 태웅은 고개를 저었다.

"아무리 너라도 이건 무리야. 그리고 내가 직접 쓰는 데 의미가 있는 거지 남이 쓰면 무슨 소용이겠어?"

"왜 이렇게 갑자기 프로 정신이 폭발했어?"

태선이 약 올렸지만 그는 고개를 저었다.

"딱히 팬을 신경 쓰는 건 아니야. 그냥 하기로 했으니 하는 거지."

그는 마음을 느긋하게 먹기로 했다.

이제 막 해가 졌을 뿐, 밤은 길었다.

다음 날 아침, 오빠 방문을 열고 들어간 태선은 책상에 엎어진 채 잠든 태웅을 보고 화들짝 놀랐다.

'뭐야, 이 인간? 설마 밤새 이걸 다 쓴 거야?'

책상 위에는 산더미 같은 편지지가 단아하게 접혀져 있었다.

태웅은 어젯밤 모습 그대로 손에 펜을 쥔 채 책상에 고개를 파묻고 잠든 채였다.

"오빠! 일어나 봐! 밤새웠어?"

힘겹게 눈을 뜬 태웅은 입가에 침을 닦으며 흐릿한 시선으로 동생을 보았다.

"괜찮아? 왜 그렇게 무리를 해? 아무리 팬레터 받고 좋아도 그렇지……."

"따, 딱히 팬을 신경 쓰는 건 아니라니까."

밤새 무리를 해서인지 입가와 턱에 수염이 수북했다.

"아직 한 통 남았다. 마무리를 해야……."

그 말과 동시에 그는 다시 고개를 책상에 처박았다.

우렁차게 코 고는 소리가 방을 채우자 태선은 어이가 없어서 실소하고 말았다.

"누가 보면 백만 년 만에 팬 생겨서 환장한 사람으로 알겠네."

                    *   *   *

태웅의 첫 주연 작인 '결심, 하다'의 후반 작업은 생각보다 훨씬 빠른 시일에 마무리될 것 같다고 제작사 측에서 알려왔다.

만약 길어졌다면 후속작인 '치명적 러브'와 같이 극장에 걸릴 수도 있었기에 태웅은 다행이라는 생각이 들었다.

다작을 하는 배우라고 해도 극장에 주연을 맡은 두 작품이 동시에 걸리는 것은 영 모양새가 좋지 않았다.

오늘은 송하나 감독, 제작사 대표와 간단히 저녁을 먹기로 했다.

가로수길에서 만나 미리 예약한 분위기 좋은 스페인 식당으로 향했다.

"컨디션은 좀 괜찮아지셨어요?"

"그럼요. 그런 질문 하도 많이 들어서 이제는 아예 이마에 '완치'라고 써 붙이고 다니려고 합니다. 하하하!"

태웅의 말에 그녀가 고운 이를 활짝 드러내며 웃었다.

아직 30대 초반이라고 하니 동년배인 셈이다.

이렇게 어린 나이에 여자 감독으로서 필모그래피를 쌓고 쟁쟁한 배우가 출연하는 상업 영화의 연출을 맡는다는 것은 쉬운 일이 아니다.

언론에 자주 노출되며 화제가 되고 있는 것은 단지 뛰어난 연출력 때문만은 아닐 것이다.

수수한 듯하면서도 이상하게 사람의 시선을 끄는 외모가 큰 역할을 한다.

'천재 미녀 감독'이라는 별명 덕분에 배우 못지않은 인기를 끌고 있었지만, 그녀는 그것이 은근히 불만인 듯했다.

"제 영화를 있는 그대로 안 볼까 봐 신경 쓰여요. 꼭 '젊은 미녀 감독'이라는 수식어를 붙여야 하나? 그것 때문에 회사 마케팅 팀하고도 맨날 싸운다니까요."

물론 마케팅을 하는 입장에서는 그것만큼 내세우기 좋은 타이틀이 없다.

그리고 그런 이미지 때문에 실제로 관객 수에도 덕을 보고 있는 것이 사실이다.

"원래 배우들도 너무 잘생기고 예쁘면 연기 못한다는 선입

견이 있잖아요? 어쩔 수 없는 거라고 봅니다."

"태웅 씨는 제 영화 어떠셨어요?"

그녀의 전작들은 대개 잔잔한 분위기로 흘러가다가 파국으로 치닫곤 했다.

그래서 기존 여성 감독들의 영화와는 많이 다른 느낌이었다.

일반적인 전개가 아니라 예상 못 한 지점에서 비트는 감각이 탁월하여 적지 않은 마니아들을 양산하고 있었다.

"전 아주 재밌게 봤어요. 특히 결말 부분에서 매번 한발 더 치고 나가시잖아요? 그것도 인상 깊었고요."

이야기를 자신 있게 치고 나가느냐, 고개를 숙이느냐에 따라 작품의 매력이 결정된다.

무지막지한 욕을 들어먹더라도 자신감 있게 치고 나가는 편이 이도 저도 아닌 이야기로 적당히 마무리하는 것보다 훨씬 나았다.

'사랑을 하면 죽는 바이러스'와 '사랑을 하지 않으면 죽는 바이러스'가 유행한다는 '치명적 러브'의 설정은 기발하고 신선했다.

그런 종류의 경우 이야기를 잘못 전개하면 관객들이 전혀 몰입하지 못할 수도 있었다.

그렇기 때문에 감독의 역량이 중요했다.

배우들의 연기는 시나리오와 디렉팅이 받쳐주면 커버되는

것이니까.

"일단 설정은 먹어주고 대본도 좋으니 충분히 대박 날 것 같아요."

일단은 자신감을 북돋아주었다.

"다행이다. 그런데 태웅 씨, 피부가 많이 까칠해지신 것 같아요. 저번에 봤을 때보다 타기도 했고."

그건 밤새워 팬레터의 답신을 썼기 때문인데…….

하지만 태웅은 고개를 끄덕였다.

"조금 맛이 가긴 했죠. 중국 로케 때 고생을 너무 해서요."

"입금되면 달라지시는 거죠? 저희 멜로 영화란 거 잊지 마세요. 호호호!"

'감히 나한테 외모 지적을?'

태웅은 속으로 피식 웃었다.

이런 소리를 들은 이상 외모 업그레이드를 할 때가 온 것 같았다.

물론 너무 과하게 했다가는 피곤한 일이 늘어날 수도 있기에 한 단계 정도만 하면 되겠지.

'그러고 보니 이번 영화 배역은 제약 회사 연구원인가.'

'치명적 러브'의 남자 주인공 고영준은 '사랑을 하지 않으면 죽는 바이러스'인 FDLV의 치료제를 만들기 위해 밤낮으로 연구를 하는 제약 회사 연구원이었다.

임상 실험 도중 사고로 인해 FDLV의 반대인 '사랑을 하면 죽는 바이러스(Anti FDLV)'에 걸리고 마는 비운의 역할이었다.

[새 영화 캐스팅 보상으로 '제약 회사 연구원' 능력이 활성화됩
니다.]

[현재 제약 회사 연구원 숙련도는 10%입니다.]

'이번 직업은 꽤 쓸데가 많겠는걸.'

만약 숙련도를 높인다면 적어도 약값은 안 들 것 같은 능력
이다.

수시로 심한 두통 때문에 두통약을 먹는 태웅에게는 그럭
저럭 쓸모가 있을 것 같았다.

"근데 예린 씨가 늦네. 혹시 그 얘기가 사실인가?"

"설마요. 그럼 영화 출연은 왜 한다고 했겠어요."

제작사 대표와 송하나 감독의 말에 태웅은 의아해졌다.

"무슨 문제라도 있나요?"

그의 말에 송하나가 주저하다가 입을 열었다.

"실은 아직 공황장애가 낫지 않았다는 소리가 있더라고요.
최예린 씨요."

"네?"

주연 여배우가 공황장애라니?

수많은 배우들과 스태프로 가득한 촬영장에 나올 수나 있
을까?

"공황장애면 연기는 가능한가요?"

"자기 말로는 자신 있다고, 이번에 꼭 재기할 거라고 그랬어요. 설마 준비도 안 됐는데 출연하겠다고 했을까?"

"감독님은 만나보셨나요?"

"만나긴 했는데 그게 그분 집이었거든요. 그러고 보니 이상하네. 계속 집에서만 미팅했잖아?"

아무래도 예감이 좋지 않았다.

'아니, 이번에는 상대 여배우가 문제인가?'

차라리 싸가지 없는 게 낫지 공황장애에 대사 한마디 제대로 못 뱉는 건 큰 문제였다.

'이 영화, 찍어도 괜찮을까?'

진지하게 고민하고 있던 태웅은 식당 문이 열리는 소리에 고개를 돌렸다.

환한 조명 아래 파리한 안색의 여자가 깊은 숨을 몰아쉬며 서 있는 것이 보였다.

"어머, 왔네. 예린 씨! 여기예요!"

감독이 그녀를 향해 손을 흔들었다.

최예린.

저 여자가 불과 몇 년 전까지 한국 최고의 인기를 달리고 있던 미녀 배우이다.

싱그럽고 밝은 미소와 표정이 매력적이던 그녀의 안색이 마치 좀비처럼 칙칙해져 있었다.

"아, 안녕하세요? 오랜만에 뵙네요."

뒤에서 그녀의 매니저로 보이는 남자가 나타났다.

"늦어서 죄송합니다. 저희 예린 씨가 몸이 조금 안 좋아서 요."

"에구, 그럼 말씀을 하시지. 다른 날을 잡아도 되는데."

"아니에요. 그런데 여기가 원래 이렇게 탁 트여 있었나요?"

"음, 이 식당 원래 구조가……."

송하나 감독은 말을 더 잇지 못했다.

주위를 둘러보던 그녀가 몸을 부르르 떨더니 갑자기 바닥에 주저앉아 버리고 말았기 때문이다.

"예, 예린 씨?"

"누님!"

식당 안이 소란스러워졌다.

손님이 몇 없었기에 망정이지 안 그랬으면 우르르 사람들이 몰려들어 사진 찍히기 딱 좋은 광경이었다.

태웅은 진땀을 흘리고 있는 최예린을 보며 한숨을 내쉬었다.

이번 영화도 고생길이 훤한 것 같았다.

*　　　*　　　*

멜로 영화에서 근사한 연기로 여성 팬들의 마음을 사로잡고 시대의 아이콘이 되려는 야심을 품은 태웅이다.

하지만 여배우가 저 모양이어서야 과연 제대로 촬영을 시작할 수 있을지조차 의문스러웠다.

결국 그날의 저녁 식사 겸 미팅은 최예린이 쓰러지면서 다음번으로 미뤄졌다.

'정말 뭐 하나 쉽게 풀리는 일이 없군.'

태웅은 좀 전의 일을 생각하니 두통이 몰려왔다.

사실 주연 여배우가 저런 상태라면 촬영을 연기하거나 캐스팅을 교체하는 편이 낫다.

하지만 제작사 입장에서는 이미 '한국 최고의 스타 여배우 최예린의 전격 복귀작'이라고 대대적인 홍보를 해놓았기에 울며 겨자 먹기로 써야 하는 상황.

'그러니까 왜 무턱대고 이름값만으로 캐스팅을 하는 거야?'

시나리오와 감독만 봤을 때는 99퍼센트 성공할 작품이다.

아무리 출연 배우들이 발 연기를 펼친다고 해도 70퍼센트 이상은 된다.

그런데 가장 중요한 주연 여배우가 저러니…….

'일단은 배역이나 파자.'

태웅은 새로 이사한 집에서 안 쓰는 방을 꾸며 간이 실험실로 만들었다.

이번 영화의 배역인 제약 회사 연구원.

신약을 개발하는 제약 회사 연구원의 경우는 다양한 분야의 약을 직접 개발하고 실험한다.

곧 새 영화가 크랭크인에 들어갈 예정이기에 역할 몰입을 위해서는 몰두할 필요가 있었다.

'어디 한번 해볼까!'

며칠 동안 의학 서적 및 생물학, 화학 서적들을 독파한 그는 플라스크와 주사기 등 각종 도구를 이용해 간단한 진통제를 만들어보았다.

'음, 살리실산과 아세트산을 결합해서… 이렇게 하면 되는 건가?'

간단한 가루약이 만들어지자 그는 냉큼 물과 함께 삼켰다.

마침 두통이 오고 있었기에 바로 효능을 시험해 보려는 것이다.

어떻게 보면 위험한 생각이었지만 앞뒤 안 가리는 성격 때문인지 그는 빠른 성과를 보고 싶었다.

약 10분 후.

'윽, 왜 속이 메스껍지? 눈앞도 빙빙 돌고……'

부작용으로 강력히 의심되는 증상과 함께 태웅은 그대로 주저앉고 말았다.

[제약 회사 연구원 숙련도가 15퍼센트가 되었습니다.]

시스템 메시지가 들려오자 간신히 정신이 들었다.

아직 형편없이 낮은 숙련도다.

이런 수준에서 바로 약을 제조하고 스스로 임상 실험을 했으니 얼마든지 일어날 수 있는 일.

배율이 잘못되었거나 성분이 잘못되었거나 둘 중의 하나일 것이다.

'하지만 다른 사람한테 실험을 할 수도 없고……'

결국은 스스로 시험하면서 숙련도를 높이는 수밖에 없었다.

영화 주인공 고영준은 극중에서 희귀 질환 치료약 개발에 몰두하는 인물이다.

그 배역을 제대로 소화하기 위해 태웅은 무모한 짓도 마다하지 않을 생각이다.

예전에도 그랬다.

소방관 역할을 맡았을 때는 실제로 훈련을 받고 현장에 투입된 적도 있고, 격투기 선수 연기를 할 때는 전문가에게 트레이닝을 받고 실제 경기에 출전하기도 했다.

'뭐든 제대로 하려면 직접 해봐야지. 약 좀 먹는다고 헐크가 되기라도 하겠어?'

지금도 연기에 대한 그의 생각과 태도는 변함없었다.

*　　　*　　　*

대본 리딩 당일.

제작사 시베리안댕댕이의 대회의실에 모인 주요 배역을 맡은 배우들은 서로 간단히 인사를 나눴다.

힙합 가수같이 입고 나온 송하나 감독이 적극적으로 배우들을 소개해 줘서 그런지 서로 친분이 없음에도 어색하지 않은 분위기였다.

태웅이 들어서자 그녀는 반갑게 맞이하며 그를 다른 배우들에게 데리고 가서 인사를 시켰다.

"반갑습니다. 김태웅입니다."

"우와! 반가워요. 전 우미령이라고 해요."

태웅이 맡은 주인공 고영준의 직장 동료이자 그를 짝사랑하는 주아라 역할을 맡은 배우 우미령이 살갑게 미소 지으며 악수를 청했다.

"조규만입니다."

"정하선이에요."

요즘 핫한 배우인 태웅을 같은 배우들조차 호기심 어린 눈으로 보았다.

현장에는 낯익은 얼굴도 있었다.

영화 우상에서 구상파 보스 역으로 출연한 중견 배우 강남일과 케이블 방송대상 시상식에서 낯을 익힌 국내 최다 출연 감초 배우 최성운, 기타 같은 작품에 출연한 몇몇 조연 배우들도 함께 출연하게 되었다.

"여기서 또 보네? 원래 한국 영화판이 좁아서 찍다 보면 이렇게 자주 만나."

오랜만에 만난 강남일이 반가운 듯 너스레를 떨었다.

그의 말대로 사실 한국 영화는 나오는 배우들이 거기서 거기다.

때문에 계속 출연하다 보면 보던 얼굴을 또 보게 된다.

신인 배우 유입도 부족하다 보니 새로운 얼굴이 나오면 꽤 주목을 받게 된다.

그래서 경력이 적은 태웅이 연달아 주연배우를 맡는 파격적인 일도 흔히 생기는 것이다.

"술 한잔해야지. 고 감독이랑 영홍이도 너 보고 싶어 한다고."

강남일에게서 함께 우상에 출연한 배우들의 근황을 들을 수 있었다.

주인공 수현 역의 오영홍은 할리우드 영화에 캐스팅되어 이미 촬영 중이라고 한다.

히어로 영화의 악당 역할인데 꽤나 비중이 있다고 한다.

'동양인 배우의 한계인가?'

한국 최고의 스타 배우로 걸출한 연기력과 카리스마를 보유한 그도 악역이나 조연부터 시작한다.

백인 사회에서 어쩔 수 없는 일이기도 했다.

그런 면에서 볼 때 전생에서 혼혈이긴 하지만 동양계 배우인 자신이 세계 최고의 스타가 될 수 있던 것은 대단한 일이었다.

"강규환이는 액션 영화 하나 찍는다고 하던데? 우상 이후로 액션에 자신감이 생겼나 봐. 그런데 내가 그거 책을 잠깐 봤는데 솔직히 재미 더럽게 없더라고."

"그래요?"

"걔가 영화 고르는 눈이 없나 봐. 단독 주연이고 제작비 팍팍 쏟아붓는다고 해서 그냥 들어간 것 같은데… 쯧쯧."

배우에게 연기력 이상으로 중요한 것이 작품 보는 눈이다.

강규환이 바보는 아니었지만 우상의 성공, 그리고 단독 주연을 맡겠다는 생각에 시야가 흐려진 것 같았다.

사실 그 정도라면, 조금 인내심을 갖고 기다리면 충분히 좋은 작품의 주연을 맡을 수 있었다.

그렇게 생각하니 조금 애석하긴 했다.

'영화 한번 잘못 찍으면 하락세 타는 건 순식간인데……'

게다가 단독 배우의 위험성은 영화를 말아먹을 경우 그 주범으로 덤터기를 쓸 수 있다는 것이다.

망한 작품 포스터에 대문짝만 하게 주연배우의 얼굴이 뜬다면 빼도 박도 못하고 영화 실패의 주범으로 대중들의 뇌리에 각인된다.

"유지니아 같이 영화도 찍었으니 알 거고… 카터는 다시 자기 나라로 돌아가서 쉬고 있고. 뭐, 그 정도네."

"딱히 별일들은 없네요. 다행히."

사실 은근히 걱정되긴 했다.

자신처럼 칠상파에게 위협을 받거나 다른 경로로 불이익을 당할 수도 있으니까.

"우상 투자사 대표에 대한 소식은 들었나?"

강남일이 갑자기 최수빈에 대해 언급했다.

"그냥 중국에서도 유명한 사업가라는 소문 정도? 뭐가 또 있나요?"

"아예 본격적으로 영화에 투자를 하려는 모양이더라고. 우상으로 단맛을 좀 봐서 그런가? 서너 개 영화를 더 제작한다던데."

우상은 천만 관객을 기록하며 흥행 대박을 터뜨렸다.

하지만 최대 투자자이자 시나리오 작가인 최수빈의 의도는 성공하지 못했다.

그가 우상을 통해 묘사한 실제 사건은 별로 이슈가 되지 못했고 경찰 조사 역시 감감무소식이었다.

'다른 영화로 칠상파의 치부를 또 까발릴 생각인가? 위험할 텐데.'

잠시 걱정이 되긴 했지만 그는 이내 고개를 저었다.

'자기가 굳이 하겠다는데 내가 걱정할 건 아니지.'

복잡한 생각이 머릿속에서 오가는 사이 대본 리딩이 시작되었다.

큰 원형 테이블을 두고 동그랗게 둘러앉은 배우들이 대사를 읽으며 첫 번째로 호흡을 맞췄다.

태웅은 최예린을 유심히 보았다.

의외로 그녀는 떨거나 머뭇거리지 않고 별문제 없이 대사를 치고 있었다.

태웅만이 아니라 송하나 감독도 긴장한 듯 그녀가 능숙하게 대본 리딩을 소화하고 있는 걸 보고 안도의 한숨을 내쉬었다.

'저러다가 현장에서 다시 말 한마디 못 하는 거 아냐?'

중간에 한 차례 휴식을 가진 후 대본 리딩은 성공적으로 끝났다.

배우들의 연기도 좋았고 인상도 나쁘지 않았다.

회의실에서 간단한 티타임 후 촬영 일정에 대한 이야기를 나누고 자리는 마무리되었다.

"수고하셨습니다."

"우리 열심히 한번 해봐요! 파이팅!"

송하나 감독이 잔뜩 달아오른 얼굴로 배우들 하나하나 악수를 하며 인사했다.

이렇게 보니 순수한 구석이 있는 여자다.

감독과 인사한 태웅은 최예린에게도 고개를 꾸벅 숙인 후 돌아가려 했다.

"자, 잠깐만요."

그녀가 그를 불러 세웠다.

"네?"

"잠시 드릴 말씀이 있는데……."

"뭔데요?"

태웅의 질문에도 그녀는 계속 쭈뼛거리며 말을 잇지 못했다.

아마도 사람이 많은 곳에서는 얘기하기 어려운 듯했다.

"여기가 불편하면 조용한 데로 가실까요?"

그녀가 천천히 고개를 끄덕였다.

최고의 인기를 구가하던 스타 여배우라고 보기에는 무척이나 소심하고 위축된 모습이다.

"제 밴으로 가요."

그녀는 매니저만을 대동한 채 지하 주차장으로 향했다.

태웅도 그 뒤를 따랐다.

"넌 좀 기다려."

태웅의 말에 고서윤이 심각한 얼굴로 말했다.

"혼자서 밴에 타시겠다는 겁니까? 무슨 위험한 일이 생길지 모릅니다."

"최예린 씨가 무슨 여자 킬러라도 될까 봐?"

"납치를 당할 수도 있습니다만."

"정 걱정되면 미리 차에 시동 걸어놓고 있다가 납치되면 따라오든가."

그녀의 차는 차창이 온통 검은색으로 선팅이 되어 바깥에서는 안을 전혀 볼 수 없었다.

게다가 커튼을 치면 안에서도 밖이 보이지 않았다.

'일부러 이렇게 한 건가?'

그녀의 매니저는 밴에 두 사람이 오른 것을 보곤 아무 말도 없이 묵묵히 문을 닫아주었다.

밴 안에서 그녀와 단둘이 앉아 있으니 태웅은 기분이 묘했다.

이게 도대체 무슨 상황인지······.

"죄송해요. 좀 갑작스러우셨죠?"

'당연하지.'

하지만 상대방의 상태를 고려하여 태웅은 최대한 부드럽게 대하기로 했다.

"아닙니다. 근데 무슨 말씀을 하시려는 건지 궁금하네요."

그녀는 잠시 머뭇거리다가 결심한 듯 그를 똑바로 쳐다보며 입을 열었다.

"사실 제가 상태가 좀 안 좋아요."

'그건 말 안 해도 알고 있는데.'

누가 보더라도 그녀가 정상이 아님을 알 수 있었다.

"요 몇 년 동안 지독한 슬럼프였어요. 연기뿐만 아니라 평소에도 정상적인 생활이 불가능했고요."

"감독님에게 듣긴 했습니다."

"상담도 꾸준히 받고 약도 먹고 해서 다 나은 줄 알았거든요. 그래서 나름 큰맘 먹고 차기작 출연을 결정한 건데… 이상하게 촬영하는 날이 다가올수록 다시 숨이 막혀요. 가위에도 눌리고요."

심리 상담이라도 원하는 건가?

태웅은 입이 근질거렸지만 잠자코 이야기를 듣기로 했다.

"이번 영화, 어렵게 다시 시작했는데 이 상태면 다시 아무것도 못할 것 같아요. 그러면 업계에 소문이 나겠죠. 최예린 완전히 끝났다고."

땅이 꺼져라 한숨을 쉬는 그녀를 보고 태웅은 안타까운 마음이 들었다.

많이 초췌해지긴 했지만 아직도 외모만큼은 대한민국 최고라고 할 만했다.

나이도 스물일곱으로 여배우로서는 한창일 때다.

그런데 어쩌다 이런 지경까지 왔을까?

"제가 뭐 도와드릴 일이라도 있을까요?"

그 말을 하기 무섭게 최예린이 번쩍 고개를 들었다.

"그래서 제가 태웅 씨를 이렇게 부른 거예요. 이번 영화, 잘 찍게 도와달라고요."

"그러시군요."

도대체 무슨 요구를 하려는지 모르겠지만 딱히 어려울 건 없었다.

연기 지도?

아니면 촬영장에서의 섬세한 배려?

그녀의 두툼한 입술이 조금씩 움찔거리는 것이 보였다.

이윽고 그녀가 눈을 질끈 감은 채 말했다.

"저, 저랑 사귀어주실래요?"

"…네?"

태웅은 자신의 귀를 의심했다.

도대체 무슨 소리를 하는 거야?

그는 몰래카메라라도 찍는 건가 하여 차 안을 살폈다.

혹시 자신을 적대하는 누군가가 계략이라도 꾸미는 걸까?

온갖 의심병이 도지려는 찰나, 그녀의 입술이 파르르 떨리는 것이 보였다.

"도움이 필요해요. 촬영 기간 동안만… 저랑 사귀어요."

태웅은 그녀의 눈빛과 목소리를 통해 그녀가 더할 나위 없이 진지하다는 것을 느꼈다.

아무래도 장난이나 몰카는 아닌 것 같았다.

S# 5
계약 연애 시작!

　태웅은 그녀의 제안을 곰곰이 생각해 보았다.

　아무리 되새겨 봐도 어이가 없었지만 그럴 수도 있겠다는
생각도 들었다.

　일단 지금 상태로는, 그녀는 촬영을 제대로 할 수 없다.

　심각한 공황장애였기에 연기는커녕 촬영장에 나올 수 있을
지도 미지수였다.

　'그나마 극에 완전히 몰입을 해야 연기를 할 수 있다고 했
지?'

　그러기 위해서는 극 중 상대와 실제로 연애를 해야만 한다
는 것이다.

캐릭터에 완전히 빙의하고 작품에 빠져들어야만 마음의 안정을 찾고 다른 것들에 신경 쓰지 않을 수 있다고 했다.

그게 무슨 개수작이냐고 할 수도 있겠지만 상대가 최예린이다.

한국 최고의 미녀 배우이자 두 사람은 딱히 일면식도 없었다.

사실 그녀 입장에서는 태웅 같은 신인 배우가 격에 맞지 않는다고 생각할 수도 있는 것이다.

그런데 갑자기 연애를 하자고 하는 것은 정말로 절박하다는 뜻이다.

'어떻게 한다? 아무리 그래도 연애는 좀……'

물론 상대 여배우와 연애쯤은 숱하게 해봤다.

하지만 대개 끝이 좋지 않았다.

몇 번의 경험 후에는 도리어 의식적으로 피하게 되었다.

'하지만 이번에는 작품을 위한 거잖아?'

적어도 스캔들만 나지 않게 잘한다면 영화도 잘되고 한 배우의 재기도 도울 수 있다.

문제는 촬영이 끝난 후다.

'피곤해질 것 같은데… 깔끔하게 헤어질 수가 있을까?'

소파에 몸을 파묻은 태웅이 골똘히 생각에 잠겨 있는 것을 본 태선이 고개를 갸웃하며 물었다.

"고 아저씨, 오빠 왜 저래요?"

"뭐가 이상한가요?"

"아까부터 혼자 인상 쓰고 한숨 쉬고 있는데 정상으로 보여요? 또 무슨 이상한 상상 하고 있는 것 같은데……."

"기분 탓입니다. 제 눈에는 똑같이 보이는데요."

"그래요?"

태선은 여전히 찜찜하다는 반응이다.

고서윤 역시 태웅이 뭔가 고심하고 있다는 사실은 알고 있었지만, 밴에서 무슨 얘기를 했는지 듣지 못한 관계로 함부로 입을 놀리지 않았다.

*   *   *

'치명적 러브'의 첫 촬영일.

배우들이 모여 있는 가운데 송하나 감독이 걱정스러운 얼굴로 촬영장 입구를 두리번거렸다.

"예린 씨 전화해 봤어?"

그녀의 말에 조감독이 고개를 끄덕였다.

"지금 오고 있답니다. 거의 다 왔대요."

"아까부터 거의 다 왔다고 했어. 상태는 좀 어때? 목소리 말이야."

"매니저가 받아서 그것까진 잘……."

"어휴!"

태웅 역시 그녀가 촬영장에 나타나지 않을 것 같은 불길한 예감에 사로잡혔다.

'설마 첫날부터 못 움직이는 건가?'

30분이 지나서야 최예린의 검정색 밴이 촬영장 앞에 멈춰 섰다.

문이 열리며 내린 그녀는 창백한 얼굴로 감독에게 다가가 고개를 숙였다.

"너무 늦었죠? 죄송해요."

금방이라도 쓰러질 듯한 안색에 감독이 도리어 당황했다.

"예린 씨, 괜찮아요? 컨디션이 너무 안 좋아 보이는데……."

"그럼요. 살짝 감기에 걸리긴 했는데 촬영에는 문제없어요."

하긴 마침 오늘 찍을 장면이 여주인공 차수연이 몸이 안 좋 아서 쓰러졌다가 '사랑을 하지 않으면 죽는 바이러스'에 걸렸 다는 진단을 받게 되는 신이다.

대사도 별로 없는 데다 딱 봐도 영락없는 환자다.

가만히 있어도 오케이를 받을 정도로 상태가 안 좋아 보였 다.

"그럼 조금 있다가 상태 보고 들어가요. 일단 태웅 씨 신부 터 찍을 테니 준비하고 있어요."

최예린의 코디와 메이크업 담당들이 분주하게 움직였다.

그녀는 태웅과 눈이 마주치자 그를 물끄러미 바라보았다.

마치 책망하는 듯한 눈빛이다.

'뭐야? 나한테 왜 저래?'

꼭 죄를 지은 사람 같은 기분에 그는 씁쓸해졌다.

"신 14, 테이크 원 갑니다. 3, 2, 1… 레디 액션!"

클래퍼보드 소리와 함께 태웅의 첫 번째 연기가 시작되었다.

'사랑을 하지 않으면 죽는 바이러스' FDLV의 치료를 위해 연구실에서 실험을 거듭하던 주인공 영준은 시약이 담긴 플라스크가 갑작스럽게 폭발하면서 정신을 잃는다.

병원 침대에서 깨어난 영준을 향해 나이 지긋한 의사가 침통한 얼굴로 입을 연다.

"바이러스가 영 좋지 않은 곳에 침투했어요."

"…네?"

바이러스라는 말에 꿈인지 생시인지 분간 못 하는 듯한 표정을 짓는 영준.

"잘 들으세요. 앞으로 선생은 연애를 할 수가 없습니다. 'Anti—FDLV', 사랑을 하면 죽는 바이러스에 걸렸다는 말이지요."

침울한 의사의 말에 그는 믿을 수 없다는 듯 두 눈을 크게 뜬다.

"아니, 이게 무슨 소리야? 내가 연애 고자라니?"

그 말에 움찔하는 의사.

영준은 믿을 수 없다는 듯 고개를 저으며 절규한다.

"이보세요, 의사 선생님! 말도 안 돼! 말도 안 된다고! 난 단지 바이러스 치료제 연구를 했을 뿐인데……."

"힘내세요. 실은 나도 모태 솔롭니다."

"…네?"

"그럭저럭 살 만해요. 남자란 게 그렇습다."

어안이 벙벙해진 영준을 두고 쓸쓸히 병실을 나서는 의사.

아무도 없는 병실 안에서 당혹감과 분노로 뒤범벅이 된 영준의 표정에서…….

"컷! 오케이! 잘했어요, 태웅 씨!"

역시 단번에 오케이 사인이 떨어졌다.

꽤 까다롭다고 알려진 송하나 감독이었지만 태웅의 연기에 매우 흡족한지 연신 박수를 쳤다.

"진짜 대박이다. 역시 황갈 캐릭터가 괜히 뜬 게 아니었어. 개그감은 타고난 것 같은데요?"

"고맙습니다."

익숙한 코미디 연기이다 보니 태웅은 별다른 어려움 없이 촬영을 마쳤다.

이제 본격적인 멜로 파트로 들어가면 다소 진지한 연기를 해야 한다.

'참, 외모 업그레이드를 깜빡했네.'

곧 멜로 연기 신으로 가면 여심의 마음을 흔들 수 있어야 한다.

　지금도 훈훈하다는 소리를 듣고 있는 외모이지만 조금 더
센 한 방이 필요했다.

　화장실로 향한 그는 거울을 보며 자신의 얼굴을 이리저리
살펴보았다.

　'일단 가볍게 10퍼센트만 올려볼까?'

　현재 외모는 전생의 30퍼센트 수준이다.

　시스템으로 들어가 '외모 커스터마이징'을 선택하자 메시지
가 떴다.

　[현재 외모를 10퍼센트 업그레이드합니다.]

　[총 50의 라이프 포인트가 소모됩니다.]

　[업그레이드하시겠습니까?]

　망설임 없이 '예'를 선택하자 번쩍하는 빛과 함께 그의 외모
가 한층 더 화려하게 탈바꿈했다.

　[외모 수준이 40퍼센트가 되었습니다.]

　[부가 효과로 '살인 미소'를 습득하였습니다.]

　[시스템 보정 효과로 주변 사람들이 외모 변화를 자연스럽게 받
아들입니다.]

거울을 보고 그는 씨익 웃어보았다.

마치 화려한 광채가 나듯 매혹적인 느낌이 얼굴 전체에서 뿜어져 나왔다.

정색하고 있을 때와는 180도 다른 순진무구한 소년 같은 미소였다.

'효과 끝내주는데?'

그야말로 보는 사람의 심장을 두근거리게 하다 못해 터지게 만드는 살인 미소.

이제 여심을 뒤흔들 일만 남았다.

                    *   *   *

이어진 촬영에서 최예린은 간신히 오케이 사인을 받았다.

대사는 거의 없고 그냥 병실에 누워 망연자실해 있는 연기였기에 가능했다.

오케이 사인을 내고도 송하나 감독은 심각한 기색이었다.

앞으로 이런 상태의 여배우를 데리고 촬영해야 한다고 생각하니 눈앞이 캄캄했다.

"어떻게 하죠?"

그녀는 태웅을 불러내 담배를 같이 피우며 땅이 꺼져라 한숨을 내쉬었다.

빵빵해진 예산과 연기력 출중하고 인기몰이 중인 배우, 역대급으로 잘 뽑힌 시나리오.

단 하나만 빼고 모든 것이 완벽했다.

하지만 여주인공이 저런 상태라면 그 하나가 모든 것을 망쳐 버릴 수도 있었다.

"제가 어떻게 해보겠습니다."

"태웅 씨가요? 뭘 어떻게?"

감독이 반은 의구심, 반은 기대에 찬 눈빛으로 물었다.

"공황장애란 게 자기 자신과 주변의 시선을 너무 의식해서 생기는 겁니다. 그러니까 아예 아무 생각도 안 들게 연기에 몰입한다면 문제가 없겠죠."

"그거야 그렇지만… 방법이 있어요?"

그는 의미심장한 표정으로 고개를 끄덕였다.

역시 최예린의 제안은 핵심을 찌른 것이었다.

멜로 영화에서 완벽하게 몰입하기 위한 방법.

상대 배우와의 실제 연애보다 좋은 건 없었다.

*   *   *

"이게 뭐예요?"

최예린의 집 앞.

검정색 밴 안에서 태웅이 내미는 서류를 받아 든 그녀가 의아한 듯 물었다.

"계약서입니다."

"계약서요?"

"예린 씨의 제의를 받아들이는 대신 서로 간에 지켜야 할 항목을 적어둔 것이죠. 한번 읽어보세요."

그녀는 황당한 듯 멍해 있다가 그가 건네준 서류를 한 장씩 넘겼다.

최예린과 김태웅은 다음 항목을 준수한다.

1. 연애 기간은 계약 체결일부터 '치명적 러브' 촬영 종료일까지로 한다.

2. 배역 몰입을 위한 목적으로 간단한 스킨십에서부터 딥 키스까지 가능. 그 이상의 스킨십은 불허한다.

3. 서로에게 집착하거나 구속하지 않는다.

4. 매니저 외 타인에게 연애 사실을 절대 발설하지 않는다.

5. 어떠한 경우에도 심한 욕설을 하거나 폭력을 사용하지 않는다.

6. 계약 종료 후에는 두 사람 사이의 일은 없던 것으로 하며, 매스컴 등에 공표하거나 팬카페에 올리는 등 어떠한 비밀 누설도 불허한다.

7. 이상의 항목을 위반하지 않기로 상호 약정하며, 위의 항목을 위반 시 해당 계약은 즉시 종료된다. 또한 위반한 측이 상대방에게 위자료로 10억 원의 비용을 지급한다.

"어때요? 이 계약서에 사인한다면 예린 씨 말대로 도움을 드리죠. 싫으시면 할 수 없고요."

천천히 계약서를 살펴보고 또 살펴본 그녀가 고개를 끄덕였다.

"좋아요. 이대로 하기로 해요."

"…정말요?"

"여기다 사인하면 되죠?"

그녀는 자신의 이름 옆에 거침없이 사인을 했다.

이로써 두 사람의 계약 연애가 시작되었다.

'뭐가 이렇게 빨라?'

태웅은 신속한 그녀의 행동에 놀랐다.

별다른 고민도 안 해보고 순식간에 결정을 내린 것이다.

"기간은 내일부터로 하죠. 만나는 장소는 주로 예린 씨 집 근처가 되겠네요."

그녀의 공황장애 때문에 사람들이 많은 곳에 가거나 집에서 멀리 벗어나는 것은 무리였다.

하지만 한편으로는 집에서 뭘 얼마나 할 수 있을지 걱정되기도 했다.

"그럼 우리 내일부터 사귀는 거네요?"

"그렇죠."

"뭐라고 부를까? 태웅 씨? 태웅아? 자기?"

갑작스럽게 돌변하는 그녀의 말투에 태웅은 깜짝 놀랐다.

뭐가 이렇게 급해?

"그, 그건 내일 정하도록 하죠."

"아쉽네. 내일이라니……."

그녀는 벌써 상황에 몰입한 듯했다.

"그럼 내일부터 데이트하기로 해요. 밖에 나갈 수 있겠어
요?"

"모르겠어요. 나간다고 해도 사람들이 알아보고 이러면
좀……."

메이린처럼 헬기라도 가지고 있지 않으면 이 좁은 한국 땅
에서 타인의 시선을 피해 연애를 하기는 쉽지 않았다.

다행히 그녀의 집이 밖에서 보기에도 대궐처럼 큰 만큼 한
동안은 실내 데이트로 대신해도 될 것 같았다.

'그런데 이런 건 처음인데 뭘 어떻게 해야 하지?'

생각해 보면 계약 연애라는 게 참으로 웃기다.

당장 없던 감정을 만들어야 하는 것도 그렇고…….

복잡한 심경으로 밴에서 내리니 대기하고 있던 고서윤이
묘한 표정으로 쳐다보았다.

집으로 돌아가는 길, 운전을 하던 그가 물었다.

"혹시 사귀시는 겁니까?"

"풉!"

생수를 마시고 있던 태웅이 물을 뿜었다.

"맞는가 보군요."

아무래도 매니저에게까지 숨기는 것은 불가능한 일일 것이다.

'실제로 도움도 많이 받아야 하니 그냥 털어놓는 편이 좋겠군.'

"계약 연애를 하게 됐어."

"계약 연애요?"

자초지종을 들은 고서윤이 잠시 생각에 잠겼다.

"아무리 봐도 위험한 것 같습니다만."

"그렇지? 그래도 상대 여배우가 저 모양인데 그냥 둘 순 없잖아?"

"최예린 씨, 예전부터 상대역인 남자 배우와 자주 열애에 빠지던 분 아닙니까?"

그러고 보니 몇 번 뉴스에 난 적이 있었다.

하지만 그동안 열애를 시인한 적도 없고 명확한 증거가 나온 것도 아니어서 단지 가십거리에 그치다 잊혀졌다.

"만약 그동안의 열애설이 사실이라면 굉장히 배역에 잘 몰입한다는 뜻이 되겠네요."

"그렇겠지."

태웅은 그의 말에 최예린이 그동안 맡은 배역을 떠올려 보았다.

배역에 몰입을 너무 잘한다는 뜻은 사실 정신적으로는 위험한 징후일 수 있었다.

과하게 몰입했다가 빠져나오지 못하고 우울증을 앓다가 자살한 수많은 배우들이 있지 않은가?

'하긴 나도 그랬던가? 마지막 영화에서 좀 심하게 몰입하긴 했지.'

이렇게 된 이상 최예린의 마음을 다스리는 일은 그에게로 넘어왔다.

그녀가 무사히 영화를 촬영할 수 있도록 도와주면서 당초의 계획대로 촬영이 끝난 후 관계를 깔끔하게 정리하는 것이다.

*   *   *

최예린이 맡은 주인공 차수연은 남성 편력이 있는 인기 여가수다.

그녀는 남자를 액세서리로 생각하며 육체적인 쾌락, 또는 금전적인 지원을 받기 위해 남자를 만난다.

그 배경에는 진정한 사랑을 찾았다며 그녀의 엄마와 자신을 무참히 내팽개치고 다른 여자와 결혼한 아빠가 있었다.

'흔하기 짝이 없는 클리셰군.'

하지만 관객들이 감정이입하기 좋은 설정이었기에 태웅은 딱히 불만을 갖진 않았다.

어쨌든 그렇게 세상에 사랑이 없다고 생각하던 차수연은 사랑을 하지 않으면 죽는 바이러스 FDLV에 걸리게 된다.

어떻게 진정한 사랑을 해야 할지 모르는 그녀는 닥치는 대로 연애를 시작해 보지만 계속 헛발질만 할 뿐이다.

그런 그녀의 눈앞에 나타난 제약 회사 연구원 고영준은 그녀에게 자신의 프로젝트에 참가해 줄 것을 요구한다.

사실 그는 그녀와 반대로 사랑을 하면 죽는 바이러스에 걸려 있었고, FDLV에 걸린 그녀를 연구하여 자기가 걸린 바이러스의 치료 약을 개발하고 싶었던 것이다.

"이렇게 두 사람은 사랑에 빠지게 된다. 하지만 수연은 생기를 얻는 반면 영준은 시름시름 앓게 된다. 바이러스의 영향 때문이다."

최예린이 설정집을 소리 내어 읽었다.

태웅이 씨익 웃으며 말했다.

"꼭 그렇게 입으로 말해야 돼요?"

"그럼요. 전 이렇게 안 하면 머리에 잘 안 들어오거든요. 습관이에요."

최예린의 집 마당은 형형색색의 꽃이 심어진 아름다운 꽃밭이었다.

담은 바깥이 안 보일 정도로 까마득하게 높아서 밖에서 보면 감옥을 연상시켰지만, 안으로 들어와 보면 동화에 나올 법한 모양의 집과 예쁜 마당이 있었다.

그 마당 한가운데에 테이블이 있었고, 두 사람은 마주 보고 앉아서 대본 연구를 하는 중이다.

공황장애에 걸린 그녀가 연기에 제대로 몰입할 수 있도록 도와준다는 목적으로 계약 연애를 시작한 두 사람이지만, 아직 크게 달라진 것은 없었다.

여전히 서로 존칭을 사용했고, 별다른 스킨십도 하지 않았다.

계약 조건에 따라 상대방에게 집착하거나 구속할 수도 없었다.

하지만 그녀는 태웅과 연애를 시작했다는 것만으로도 마음의 안정을 찾은 듯 꽤 편안해 보였다.

'이 여자도 어지간히 외로웠나 보다.'

미녀 배우 올리비아 핫세의 젊은 시절을 연상케 하는 외모의 그녀는 봄 날씨에 어울리는 하늘색 원피스를 입고 있었다.

바람에 긴 생머리가 날려서 한결 청순해 보였다.

그 모습을 보니 태웅은 한 가지 의문이 생겼다.

"그런데 한 가지 물어봐도 돼요?"

"그럼요. 우리 사이에."

그녀가 미소를 지으며 말했다.

이제 적당히 농담도 하는 것으로 보아 확실히 예전에 비해 긴장이 풀린 것 같았다.

"왜 그렇게 아프게 된 거예요?"

그 말에 그녀의 얼굴이 어두워졌다.

'이런, 역시 괜히 물어봤나?'

태웅은 살짝 후회가 됐지만, 그녀는 이내 밝은 표정으로 대답했다.

"우리 사귀게 된 게 맞네요. 그렇게 궁금한 것도 생기고."

"대답하기 어려우면 안 해도 돼요."

"아니에요. 그냥 많이 무서웠어요. 전 무명 생활이 그렇게 오래되지 않았거든요. 데뷔하자마자 주목을 받고 출연한 작품들이 다 잘됐어요. 계속 그렇게 성공만 하다 보니 언젠가는 분명 불행이 날 덮치지 않을까 하는 생각이 들었어요."

태웅은 그녀가 말하는 모습을 유심히 보았다.

평소답지 않게 말이 무척 빠르고 시선을 어디에 둘지 몰라 했다.

'뭔가 감추는 게 있군.'

그렇다면 좀 더 중대한 이유가 있을 것이다.

하지만 그녀가 말하기 싫어하는데 굳이 파고들 생각은 없었다.

"그럼 다음 주 촬영분을 연습해 보죠. 드라이 리허설로."

잠시 휴식을 취한 두 사람은 다시 대본 리딩을 시작했다.

지금까지는 누가 봐도 사귀는 사이라기보다 동료 연기자의 모습이었다.

　　　　　*　　　　　*　　　　　*

　촬영이 없는 날, 태웅은 오랜만에 윤철과 함께 ROD 사옥을 방문했다.

　새 광고 모델 계약을 위한 미팅 자리였다.

　"우와, 여기가 ROD 사옥이구나. 듣던 대로 장난 아닌데?"

　전보다 한층 웅장해진 인테리어였다.

　곳곳에 명화가 걸려 있고 조명도 은은하게 바뀌어서인지 프랑스 미술관 같은 분위기다.

　"우린 언제 이런 데 오냐."

　나직하게 한숨을 쉬는 윤철을 보며 태웅은 피식 웃었다.

　"한 1년이면 되지 않겠어?"

　"그래, 네 덕으로 그렇게 되겠지?"

　영화와 CF, 그리고 음반 쪽으로도 승승장구하고 있는 실버문 엔터테인먼트.

　태웅을 영입한 후 영세하던 회사는 눈부시게 성장했다.

　이제 1인 기획사에서 벗어나 직원도 상당수 충원했고, 곧 연습생을 뽑기 위해 오디션도 볼 예정이다.

　"많이 기다리셨죠? 선약이 길어져서. 죄송해요."

　여전히 우아하고 지적인 분위기를 뽐내는 강지나 대표가 응접실로 들어왔다.

"아니에요. 온 지 얼마 안 됐어요."

"좀 더 구경하고 싶었는데 너무 일찍 오신 것 같은데요? 하하하!"

미녀 앞이라 그런지 윤철이 오버를 했다.

"미팅 끝나고 가이드 해드릴게요. 저희 회사 콘셉트가 관광명소예요. 호호호!"

이를 능숙하게 받아주는 그녀의 배려가 참으로 돋보였다.

"태웅 씨, 몸은 좀 괜찮아요? 그때 걱정 많이 했어요."

"그럼요. 언제 적 일인데요. 끄떡없습니다."

강지나는 태웅의 말에도 미안한 기색을 감추지 못했다.

"제가 문병이라도 갔어야 하는데… 미안해요."

그럴 필요까지야……

대형 기획사 대표라는 막중한 직책이 있는 만큼 그녀의 운신의 폭은 넓지 않을 것이다.

다른 기획사 소속 배우의 일에 죄책감을 느낄 필요는 없는 것이다.

하지만 그녀는 마치 자신이 태웅의 회사 대표라도 된 듯 사고 당시 도움을 주지 못했다는 것에 아쉬워하고 있었다.

"전혀 그러실 필요 없습니다. 말이 조난이지 그냥 비바크 수준이었어요. 징징거리는 소녀 하나 데리고 캠프파이어나 하면서 보냈습니다."

농담 삼아 한 말이었는데 그녀의 표정이 심각해졌다.

"메이린 씨, 유명하더라고요. 아버지는 물론이고 본인도. 힘든 일 많았겠어요."

메이린에 대한 그녀의 감정은 그다지 좋지 않아 보였다.

아마 메이린의 배경에 대해 들은 것 같았다.

"누구나 그런 상황에서는 짜증 냈을 거예요. 그래도 함께 역경도 극복하고 해서 꽤 가까워졌습니다. 중국의 국민 여동생과 친해지다니 영광이죠. 하하하!"

"그게 뭐 대순가요? 한국의 국민 여동생이 더 낫죠."

그녀가 누굴 말하는지 몰라 태웅은 어리둥절해했다.

"이번에 같이 광고 찍으실 분이요. 들어올 때가 됐는데……."

그 말에 태웅은 한껏 기대하며 응접실 문을 살폈다.

마치 기다렸다는 듯 누군가 문을 열고 들어왔다.

"아……!"

그녀를 본 순간 태웅은 절로 입에서 탄식이 나왔다.

"어머, 무슨 반응이 그래요? 너무하시는 거 아니에요?"

나진영이 입을 삐죽거리며 귀여운 척을 했다.

'국민 여동생은 얼어 죽을!'

아무리 생각해도 강지나가 자기를 놀리려고 한 말 같았다.

국민 여동생이라는 단어와는 너무나 안 어울리는 나진영이다.

차라리 국민 비호감, 국민 악녀라면 모를까.

요즘 악역으로 출연한 드라마가 나름 인기를 끌고 있어서 그녀를 잘 모르는 중장년층 여자 시청자들에게도 무수한 관심을 받고 있었다.

하지만 그 관심은 꼭 긍정적인 것만은 아니어서 재래시장 같은 데를 가면 머리채를 잡히거나 욕을 먹기 일쑤라고 했다.

"악녀 전문 배우의 숙명이죠. 그래도 그렇게 험한 일을 당한다는 건 제가 워낙 배역을 잘 소화했다는 게 아닐까요?"

나름 자신감도 붙었고 살도 보기 좋게 오른 것 같았다.

이전의 삐쩍 마르고 자신감 없던 모습과는 딴판이다.

"확실히 강 대표님이 잘해주시는구나. 진영 씨, 완전 새사람 됐는데요?"

"뭐가요? 저 원래 예쁘고 건강했잖아요. 호호호!"

스스로 민망하지도 않은지 연신 자기 자랑을 늘어놓는 나진영을 보며 그는 미소 지었다.

역시나 강지나를 소개해 준 것은 잘한 일 같았다.

가만, 그런데 그녀가 왜 여기 들어왔다고 했지?

"나진영 씨하고 아파트 광고를 찍는다는 말이죠?"

"네, 사실 미리 말씀드렸어야 하는데 이렇게 됐네요."

상대가 나진영이란 걸 알면 그가 단칼에 거절했을까 봐 그랬을 수도 있었다.

'키스신만 없다면야 문제없지.'

게다가 광고 촬영은 기껏해야 하루 정도이다.

딱히 오랜 시간 함께 있을 필요도 없었다.

하지만 듣고 있던 윤철은 다른 생각을 하고 있었다.

'왜 하필 나진영이지?'

요즘 악녀 이미지로 주가가 올라가고 있었지만, 그렇다고 해도 그녀는 딱히 아파트 광고에 어울릴 것 같지 않아서였다.

그의 마음을 읽기라도 한 듯 강지나가 입을 열었다.

"여자 모델로 진영 씨를 내세워서 의아해하실 수도 있어요. 물론 저희 회사 소속이라는 점도 작용했지만, 진영 씨의 최근 악역 연기가 무척 호평을 받고 있거든요. 특히 부티 나는 연기를 무척 잘 소화해 주고 있어요."

일일 드라마에서 청담동 악녀 역할을 맡은 그녀는 집을 고를 때 무척이나 까다로운 성격으로 그려진다.

가세가 기울어서도 그녀는 늘 집 타령을 하는데, 지금 생각해 보니 의도적으로 캐릭터를 그렇게 잡은 것이 아닌가 하는 생각이 들었다.

"어떻게 아셨죠? 실제로 저희 아파트 광고 나오게 하려고 설정에 넣은 건데."

브랜드 이미지에 걸맞도록 아예 공중파 드라마 대본을 수정하다니……

태웅은 대형 기획사의 힘이 대단하다는 것을 다시 한번 느끼게 되었다.

대략적인 촬영 콘티를 들은 후 태웅은 시원하게 오케이를 했다.

이 정도면 거의 날로 먹는 광고 출연이었다.

"모델료는 5억 원. 괜찮으세요?"

그녀의 제안에 윤철이 입을 떡 벌렸다.

1년 계약에 5억 원이라면 태웅 같은 신인 배우로서는 상당히 좋은 대우이다.

러닝개런티를 제외하면 영화 출연료로 받는 것보다 CF로 올리는 수입이 시간과 노력 대비 훨씬 많은 것이다.

'이러니 작품들을 안 찍고 CF만 계속 찍어대지.'

윤철은 수많은 스타들이 작품 활동을 하지 않고 CF만 찍는 것을 봐왔다.

그리 탐탁지 않은 행보였지만 한편으론 이해도 갔다.

가만히 앉아서 가끔 단발로 CF만 찍어줘도 어마어마한 돈을 버는데, 딱히 고된 연기를 하고 싶지 않을 것 같았다.

하지만 태웅은 오히려 지나치게 고된 작품 활동을 하고 있었다.

'결심, 하다'를 끝낸 지 얼마 되지도 않아 다음 작품에 들어간 것이다.

그는 태웅이 이렇게 서두르는 이유를 모른 채 단지 작품에 대한 욕심이 많아서라고 생각했다.

'CF 촬영해서 라이프 포인트를 얻으면 얼마나 좋을까?'

태웅은 늘 시간에 쫓기는 듯한 기분이 들었다.

'세계적인 배우가 되는 꿈'을 이뤄야 한다지만, 촬영 시작만 하면 쏜살같이 가버리는 시간 때문에 남은 나날을 체크하기 보통 신경이 쓰이는 게 아니었다.

다른 생각에 골몰해 있던 그는 자신을 물끄러미 바라보던 강지나와 눈이 마주쳤다.

"무슨 문제라도?"

그의 말에 그녀가 손사래를 쳤다.

"아니, 아니에요. 그냥 멍하게 있으셔서 걱정돼서요."

"절 너무 아끼시는군요. 이렇게 계속 걱정해 주시고. 하하 하!"

"그럼요. 저 정말 태웅 씨 사고 났을 때 매일 하늘에 기도했 어요. 부디 건강하게, 무사히 돌아오시라고요."

농담으로 얼버무리려고 했지만 그녀의 말과 눈빛은 진심 어린 마음을 담고 있었다.

그걸 보니 그는 왠지 뒤가 켕겼다.

자신이 연애를 하고 있다는 사실을 알면 그녀가 어떻게 나 올까?

물론 최예린과는 정말로 계약 연애일 뿐 딱히 뭔가를 하고 있는 것은 아니다.

입이 무겁고 나름 친한 사이인 강지나에게는 털어놓아도 될지 모른다.

하지만 왠지 그렇게 하기가 싫었다.

왜일까?

*   *   *

'치명적 러브' 두 번째 촬영이 시작되었다.

태웅은 최예린이 과연 연기를 제대로 할 수 있을지 걱정스러운 눈으로 지켜보았다.

그뿐만 아니라 촬영장의 모두가 긴장하고 있었다.

하지만 누구보다 가장 긴장한 건 그녀 자신이었다.

[저, 잘할 수 있겠죠?]

핸드폰으로 메시지를 확인한 태웅은 빠르게 답신을 보냈다.

[그럼요. 연습한 대로만 하면 돼요.]

촬영장에서든 어디서든 다른 사람의 눈이 있었기에 현장에서의 연락은 메신저로 했다.

단순히 작품을 위해 계약 연애를 시작한 태웅이지만 의외로 소꿉장난 같은 재미가 있었다.

물론 잠깐의 여흥일 뿐이다.

이 영화를 기점으로 고정적인 여성 팬을 확보하면 그다음부터는 탄탄대로이다.

'부디 연기를 제대로 해줘야 할 텐데……'

오늘 찍는 장면은 연예계 스타로 화려한 생활을 하는 여주인공 수연이 쓰러지는 오프닝부터 두 주인공이 만나서 벌어지는 첫 에피소드까지이다.

사랑을 하지 않으면 죽는 바이러스에 걸렸지만, 여전히 사랑 따위는 허상이라고 생각하는 여주인공 수연은 자신에게 연락을 취해온 제약 회사 연구원 영준의 제안에 호기심을 보인다.

바이러스를 치료하기 위한 첫 번째 방법은 누군가를 사랑한다는 자기 암시를 걸어 바이러스를 치료하는 것이다.

친구이자 정신과 의사인 우진태의 도움으로 그녀에게 최면을 걸지만, 웬일인지 도무지 최면에 걸리지 않아 실패하고 만다.

*   *   *

휴식 시간, 우진태 역을 맡은 배우 조규만이 태웅에게 슬쩍 다가와 말을 걸었다.

"최예린 씨, 잘될까요? 지난 촬영에서도 영 불안하던데."

"잘돼야겠죠."

"이거 불안해서 원… 왜 저런 배우를 썼대요? 아니, 한때 잘나가긴 했지만 지금은 그냥 CF 스타잖아요. 대사 한마디 제대로 못하면 배우로서 끝이지."

만약 태웅이 그녀의 실제 애인이었으면 아마도 발끈하거나 손을 봤겠지만, 그는 그냥 심드렁히 말했다.

"CF 잘 찍는 것도 능력이죠, 뭐."

"태웅 씨는 걱정 안 돼요? 상대 배우가 저런데?"

"걱정하면 뭐 하겠어요. 그냥 최대한 열심히 해보는 거지."

"이야, 멘탈이 장난 아니시네."

옆에서 귀찮게 떠드는 조규만이 더 피곤한 태웅이다.

송하나 감독이 최예린에게 다가가 한참 동안 이야기를 나눴다.

가까이 가서 들어보니 컨디션부터 시작해 대사나 캐릭터에 대해서까지 오만 얘기를 다 하는 것 같았다.

자기 딴에는 대화를 통해 긴장을 풀어주려는 의도일 것이다.

"괜찮겠어요? 힘들면 오늘 촬영도 조금 미루든지 할게요."

속으로는 조바심 때문에 발을 동동 구르면서도 겉으로는 신경 써주는 척하는 감독이다.

"아니에요. 계속 이렇게 민폐만 끼칠 순 없어요. 오늘은 제대로 해볼게요."

여느 때와 달리 결연한 의지를 보이는 최예린의 모습에 송하나 감독은 조용히 안도의 한숨을 쉬었다.

"역시 예린 씨, 최고의 여배우라니까. 우리 같이 한번 열심히 해봐요."

이윽고 그녀의 촬영이 시작되었다.

미남 배우, 대기업 회장 손자, 성형외과 의사 등등 수많은 남자들과 자유분방한 만남을 즐기는 여주인공 수연의 시퀀스다.

　태웅은 예린에게 안심하라는 눈빛을 보냈다.

　지난번 그녀의 집에서 함께 연습한 장면 중 하나이다.

　그때처럼만 한다면 문제 될 것은 조금도 없었다.

　"그럼 갑니다. 3, 2, 1… 레디, 액션!"

　큐 사인과 동시에 스포츠카에서 도도하게 내린 수연이 강남의 한 건물 앞으로 걸어간다.

　다수의 연예인과 상류층 인사들이 참석하는 셀러브레이션 파티가 벌어지는 고급 야외 레스토랑.

　몰려든 기자들로 인해 연신 카메라 플래시가 터지는 가운데 근사하게 생긴 한 남성이 마중 나와 그녀에게 손을 내민다.

　조금도 주눅 들지 않고 화려한 생활을 영위하는 당당한 스타 차수연과 그녀의 애인인 레스토랑 대표 함민수이다.

　공인 커플로 주위 사람들의 부러움과 시샘을 받고 있는 두 사람.

　과시하듯 파티장 앞에 깔린 레드 카펫을 밟으며 함민수의 팔짱을 끼고 걸어가던 수연이 갑자기 현기증이 난 듯 휘청거리다가 바닥에 쓰러진다.

"수연아!"

당황한 함민수가 그녀를 부축하지만 마치 열병이라도 난 듯 정신을 차리지 못하는 수연.

걱정스러운 시선 속에서 구급차에 오른다.

촬영이 시작되자 태웅은 다소 어둡던 최예린의 표정이 한순간 변모하는 것을 보았다.

어딘가 아픈 것처럼 파리한 안색은 환하게 바뀌고 막 물을 머금은 해바라기처럼 생기가 넘치는 스타 차수연의 모습으로 변모했다.

표정은 물론 눈빛과 걸음걸이 역시 모델 뺨치는 당당한 보무였다.

'이거 놀라운데?'

바로 전의 촬영에 비하면 180도 달라진 수준이다.

자신을 마중 나온 남자 친구에게 손을 뻗으며 고개를 치켜드는 모습은 영락없이 콧대 높은 여자 스타의 모습이었다.

기자들의 시선을 여유롭게 받아넘기며 걸어가다가 갑작스럽게 쓰러지는 연기까지 그녀는 단 한 차례의 실수도 없이 완벽한 연기를 펼쳐 보였다.

"오케이! 대단해요, 예린 씨! 너무 멋져!"

송하나 감독이 호들갑을 떨었다.

그녀도 태웅만큼, 아니, 그 이상으로 마음을 졸인 만큼 지금 이 순간 누구보다 기쁠 것이다.

"진작 이렇게 하지! 완전히 예전 느낌으로 돌아온 것 같아요! 최고예요!"

과할 정도의 칭찬은 누군가에겐 독일 수도 있지만, 지금 그녀에게 있어서는 보약이나 다름없었다.

많이 피곤해 보이긴 했지만, 이 정도 해낸 것이 대단하다 싶어 태웅은 그녀에게 윙크를 날렸다.

[고생 많았어요. 이대로 죽 가요.]

그의 메시지에 그녀가 화답했다.

[태웅 씨, 덕분이에요. 눈빛 보는 순간 떨리던 게 멈췄어요. 정말 고마워요. ^^]

그녀의 문제를 고친다면 빨리 계약 연애를 끝낼 수 있을 것이란 생각에 태웅은 안도했다.

이어진 두 주인공의 첫 만남 신과 최면 요법을 시행하는 신까지 그녀는 떨지 않고 촬영을 마쳤다.

기분이 좋아진 송하나 감독이 달아오른 얼굴로 외쳤다.

"오늘 술이나 한잔할까요? 내가 쏩니다!"

"와아!"

스태프와 배우들이 신나 했다.

비실거리던 여배우가 이제야 제 모습을 찾았으니 그들로서도 안도할 만하다.

하지만 이제 시작일 뿐 촬영은 앞으로 많이 남아 있었다.

그동안 최예린의 증상이 도지지 않는다고 장담할 수 없으니 방심은 금물이다.

*   *   *

촬영을 끝내고 사무실 앞에 도착하니 낯익은 차 한 대가 서 있다.

"왜 안 나타나시나 했습니다."

질린다는 듯한 태웅의 말에 최수빈이 빙긋 웃었다.

"중국에서는 얘기를 나눌 틈이 없었지요. 귀국도 했고 오랜만에 차나 한잔할까 해서 왔습니다."

"제가 꼭 응해야 하나요?"

일부러 까칠하게 말했지만 그는 눈 하나 깜빡하지 않았다.

"그럴 의무는 없지만 꼭 거절할 필요는 없지 않나요? 이후 스케줄도 없는 걸로 아는데……."

태웅이 자신을 노려보는 것을 본 고서윤이 시선을 돌려 먼 산을 바라보았다.

"좋습니다. 그런데 피곤하니 최대한 짧게 끝내죠."

무한 체력으로 인해 전혀 피곤하지 않았지만 태웅은 그와 오랜 시간 함께 있는 게 영 꺼림칙했다.

차에 오른 그를 빤히 바라보며 최수빈이 입을 열었다.

"많이 바쁘시더군요."

"스케줄 더 없다니까요."

"아니, 오늘 말고 요즘 말입니다. 영화도 찍고, CF도 찍고, 곡도 만들고……."

"제가 좀 다재다능하거든요."

"그러게요. 연애도 열심히 하시던데 말입니다."

그의 말에 태웅은 절로 눈살이 찌푸려졌다.

말투에서 왠지 기분 나쁜 기운이 전해졌다.

"연애? 남의 사생활에 관심이 많으신 것치고는 영 헛발질을 많이 하시네요."

태웅의 말에 그가 고개를 흔들었다.

"쑥스러워하실 필요 없습니다. 어차피 계약 연애니까 서로 감정이 있는 것도 아닐 테고요. 물론 앞으로는 모르지만."

'알파고 이 자식을 진짜……."

태웅은 내부 첩자인 고서윤을 당장에라도 요절내 버리고 싶었다.

하지만 그는 이럴 것을 예상했는지 어딘가로 가버리고 보이지도 않았다.

"다 아시면서 뭘 묻습니까? 그래서 듣고 싶은 말이 뭔데요?"

설마 남의 연애사까지 간섭하려는 건 아니겠지?

최수빈이 태연하게 탄산수를 마시며 말했다.

"그냥 알려주려는 겁니다. 그녀가 복잡한 지경에 처해 있다는 사실을 말이죠."

"복잡한 지경?"

도대체 무슨 말을 하려는 걸까?

"조만간 귀찮은 일이 생길 겁니다. 하지만 어쩔 수 없죠. 기왕 애인 노릇 할 거면 제대로 해야 하지 않겠습니까?"

"거참, 빙빙 돌리는 말버릇은 여전하시네. 그냥 본론을 말해요."

태웅은 짜증이 나서 쏘아붙였다.

도대체 이 인간은 왜 매번 이런 식일까?

"최예린 씨가 협박을 당하고 있다는 사실을 말해주는 겁니다."

"뭐라고요?"

그의 말에 태웅은 어안이 벙벙해졌다.

그녀가 누군가로부터 협박을 당하고 있다?

"범인이 누굽니까?"

"그건 직접 알아내셔야 될 거예요. 운이 좋으면 스스로 나타날 수도 있겠네요. 그 사람으로서는 태웅 씨 때문에 목적 달성을 못 했으니 가만있지는 않을 거 아니겠어요?"

이 말을 믿어도 될까?

의구심이 들었지만 이내 태웅은 고개를 저었다.

그가 굳이 거짓말을 할 이유가 없었다.

지금껏 쓸데없는 소리를 한 적도 없다.

"나 때문에 목적 달성을 못 했다는 건 그가 이 영화 제작을 막으려고 했다는 건가요?"

"이 영화가 뭐라고 그러겠어요? 그냥 최예린 씨를 재기 불능으로 만들려는 거죠."

그는 말을 내뱉곤 실수했다는 듯 탄식을 했다.

"이런, 직접 알아보라고 해놓고 다 말해주고 있네. 하하하!"

공황장애의 원인이 바로 협박 때문이란 말인가?

'도대체 이놈의 바닥은 왜 이런지. 협박의 왕국인가?'

누가 협박을 했는지 정체를 밝히려면 최예린에게 직접 물어보거나 기다리는 수밖에 없다.

태웅은 심기가 언짢아져서 최수빈을 다그쳤다.

"그냥 말을 해줘요. 협박하는 놈 보호라도 하는 겁니까?"

딱히 기가 눌린 것 같진 않았지만, 최수빈은 순순히 한 사람의 이름을 거론했다.

"공진수. 나인핑거스라는 사업체 대표입니다. 꽤나 거물 늙은이죠."

듣도 보도 못한 업체다.

게다가 늙은이라니…….

최예린은 왜 그런 놈에게 협박을 당하고 있는 걸까?

"남녀 간의 일이라면 감정적인 부분이 문제가 될 수 있겠죠. 그가 최예린 씨를 이성으로 볼 수도 있고요."

"그러니까 그 공진수라는 늙은이가 최예린에게 반해서 협박을 하고 있다?"

"그게 그렇게 단순하지만은 않습니다."

신이 난 듯 얘기하려던 최수빈은 다시 정신을 차린 듯 스스로 입을 막았다.

"어쨌든 알아두는 게 좋을 것 같아서 미리 말해 드리는 겁니다. 지금 태웅 씨가 하고 있는 게 뭔지 확실하게 알고 있어야 대비를 할 거 아닙니까?"

"거참, 눈물 나게 고맙네요. 그런데 전 대비 같은 건 안 합니다."

"네?"

"닥쳤을 때 해야 할 일을 할 거예요. 그거면 충분하죠."

그는 이제 최수빈의 속내를 눈치챌 수 있었다.

분명 이 능구렁이 같은 스토커는 최예린을 협박하는 공진수라는 남자에 대해 자신이 알아보길 원하고 있었다.

'아마도 자기 적이겠지. 그놈의 칠상파 대빵이라도 되나?'

하지만 놀아날 생각은 추호도 없었다.

어디까지나 자신은 배우이다.

연기를 잘하고 영화만 문제없이 개봉하도록 손쓰면 되는 것이다.

그 외의 일은 전혀 상관할 바가 아니었다.

"얘기 끝났으면 가보렵니다."

냉랭하게 쏘아붙이는 태웅의 어깨를 붙잡은 최수빈이 머리를 긁적이며 한숨을 내쉬었다.

"태웅 씨, 가기 전에 한마디만 할게요."

"뭔데요?"

"최예린 씨와는 얼마든지 가까워지셔도 됩니다. 다만."

어느 때보다 진지한 눈빛에 태웅은 자신도 모르게 귀를 곤두세웠다.

"강지나 씨하고는 엮이지 마세요."

S# 6
배우, 미친 설득력

촬영이 진행될수록 최예린은 예전의 자신을 찾아갔다.

시들었던 꽃이 피어나듯 파리하던 안색마저 생기 있게 변했다.

그녀는 배역에 무섭게 몰입했고, 촬영이 끝나면 진이 빠져서 주저앉아 버리기도 했다.

'집중력이 대단해. 저 정도일 줄이야.'

태웅은 그녀의 뛰어난 연기력에 놀랐다.

한편으론 주인공 수연의 이야기가 실제 자신을 보는 것 같아서가 아닐까 하는 생각도 들었다.

[내 연기 어땠어요?]

핸드폰 화면에 최예린이 보낸 메신저 알림이 뜨자 태웅은 피식 웃었다.

지척에 있음에도 메시지로 소통하는 재미가 의외로 쏠쏠했다.

[베리 굿! 이 정도면 과몰입증후군을 걱정해야 할 것 같은데요?]

[과몰입증후군? 그게 뭐예요?]

[배역에 너무 몰입해서 망가지는 거지. 신들린 연기파 배우들은 반드시 한 번은 거치는 필수 코스랄까?]

[어머, 그럼 나도 이제 신들린 연기파 배우인 거예요?]

[그럼요. 이게 다 누구 덕분?]

[연기 천재… 김태웅?]

[연기 천재라니 낯간지럽네. 하하하!]

"하하하!"

갑자기 들리는 이상한 웃음소리에 태웅은 화들짝 놀라 뒤를 돌아봤다.

어깨너머로 핸드폰 화면을 훔쳐보고 있던 태선이 묘한 눈빛을 보냈다.

"에이 씨, 깜짝 놀랐네."

"님, 지금 뭐 하는 거임?"

"뭐가?"

"누구랑 그렇게 까똑질이야? 게다가 그 낯간지러운 대사는 뭐고."

"몰라도 돼. 애들은 가라."

"어쭈, 애들? 이게 미쳤나?"

태웅은 자신의 머리채를 잡으러 달려오는 태선을 피해 도망쳤다.

촬영장이 소란스러워졌지만 두 남매는 마치 톰과 제리처럼 곳곳을 휘젓고 다녔다.

'휴우, 하마터면 큰일 날 뻔했네.'

천만다행으로 동생에게 최예린과의 연애를 들키지 않았다.

하지만 지금 상태라면 동생에게 들통나는 것은 시간문제인 듯했다.

'어떻게 하지? 거짓말을 해야 하나?'

멀리서도 자신을 주시하며 호시탐탐 노리고 있는 태선을 보니 아무래도 대단히 피곤해질 것 같았다.

도대체 자신의 일거수일투족에 신경을 쓰는 사람들이 왜 이리 많아진 걸까?

물론 최수빈만 한 스토커는 없지만.

'그런데 대체 그 얘기는 뭐람?'

가급적 강지나와 엮이지 말라는 뜬금없는 소리.

'삼원 그룹은 수많은 악행을 저지른 대기업이라고 했지?'

물론 한국 최고의 대기업으로 무소불위의 권력을 휘두르고 있는 삼원 그룹이다.

그 자리에 오르기까지 깨끗했을 리 없다.

회장인 강부식에 대한 인상 역시 그리 좋은 것은 아니었다.

하지만 그렇다고 해서 아예 강지나 같은 사람까지 상종하지 말라는 말은 납득이 안 된다.

그가 아는 그녀는 나쁜 짓을 할 사람도, 재벌 가문의 사상에 쉽게 물들 만큼 소신 없는 사람도 아니었다.

그래서 그는 최수빈의 말을 무시했다.

한 걸음 더 나아가 고서윤을 불러 담판을 짓기로 했다.

*　　　*　　　*

"부르셨습니까, 형님."

새벽같이 일어나 불렀지만 불평 한마디 없이 칼같이 달려온 충직한 매니저를 본 태웅은 착잡한 기분이 되었다.

고서윤과 함께 근처 공원에서 조깅을 한 후 두 사람은 인적 없는 곳 벤치에 나란히 앉았다.

"이봐, 고 매니저."

"네, 형님."

"당신, 누구 사람이야?"

"……."

말을 잇지 못하는 그의 눈을 똑바로 바라보며 태웅이 말했다.

"이젠 좀 확실히 해야겠어. 나는 최수빈 씨가 왜 내 일거수일투족에 관심이 많은지, 그리고 왜 당신 같은 유능한 부하까지 붙여서 이러는 건지 모르겠거든. 하지만 요즘 하는 짓을 보면 신경이 쓰이지 않을 수 없단 말이지. 그래서 정리를 좀 하려고 해."

여전히 고서윤은 묵묵부답이었지만 긴장한 기색이 역력했다.

"고 매니저가 내 모든 스케줄을 그 인간에게 보고하는 건 알고 있어. 그리고 내가 그걸 알면서도 당신을 곁에 두고 있는 것에 대해 어떻게 생각해?"

"…죄송하게 생각합니다."

꿀 먹은 벙어리처럼 입을 닫고만 있던 고서윤이 마침내 말했다.

"단지 그게 다인가?"

"감사하다고도 생각하고 있습니다."

"그래, 그걸 아는 사람이 그래?"

고서윤이 침을 꼴깍 삼켰다.

"선택을 원하시는 겁니까?"

"선택이라… 단순하게 말한다면 그렇겠지."

아직 어둠이 깔린 하늘을 바라보며 태웅이 말을 이었다.

"고 매니저가 나한테 모든 걸 털어놓는다는 게 누군가를 배신하는 거라면 선택이겠지. 그리고 난 그걸 너한테 원하고 있고."

두 사람 사이에 침묵이 흘렀다.

차 한 잔 마실 정도의 시간이 지나 고서윤이 입을 열었다.

"최 회장님은 저를 어릴 때부터 거둬주신 분입니다. 그래서 그분의 명령은 제게 판사의 선고처럼 절대적입니다. 이미 알고 계신 것처럼 형님의 매니저를 하게 된 것도 회장님의 명령 때문입니다."

뭐라고 물어보려다 태웅은 입을 닫았다.

모처럼 알파고가 자신의 출신 내력을 이야기하고 있는 이상 끝까지 들어주는 게 좋을 것 같았다.

"하지만 요즘은 형님을 감시하는 것을 숨기고 함께 지내는 것이 썩 유쾌하지 않더군요. 형님을 배신하는 것 같은 기분이 들어서이기도 하지만, 무엇보다 제가 이 생활을 즐기고 있다는 사실 때문입니다."

매니저가 천직임을 고백하는 그의 말이 이어졌다.

"형님의 스케줄을 챙기고, 연기하는 모습을 지켜보고, 작품에 대해 함께 의견을 나누는 일들이 즐거워졌습니다. 그리고 실버문 엔터테인먼트는 참으로 가족적인 회사더군요. 나쁜 의미의 가족이 아니라 좋은 의미로 말이죠. 그래서 저 역시도 명령을 받아 매니저 일을 하고 있다는 사실을 어느 순간 잊고 있었습니다."

그가 희미하게 웃는 걸 본 것 같기도 하다.

"지금까지 그렇게 허심탄회하게 누군가와 어울릴 기회가 없었기 때문에 그만 주제넘은 짓을 하고 말았네요. 지금껏 정말 죄송했습니다."

"…그렇군."

이렇게 될 줄 예측은 했다.

이 고지식한 인간의 성격이라면 아마도 단박에 매니저를 그만둔다고 하겠지.

그리고 최수빈에게 어떤 처벌을 받든 감수할 것이다.

하지만 태웅은 그렇게 이 유능한 매니저를 놓치고 싶은 생각이 없었다.

"퇴사는 어림도 없어. 여기는 그렇게 만만한 회사가 아니야."

"…네?"

"너 지금 그만두겠다고 하려는 거지? 앞으로 할 일이 산더미인데 날 내팽개쳐 두고 그냥 내빼면 다야? 그게 네 사죄 방식인가?"

기계적인 답변이라도 할 만하건만 고서윤은 어이가 없는지 태웅을 멍하니 바라보고만 있었다.

"나한테 사죄할 방법은 딱 하나. 네가 나에 대해 최수빈에게 보고하듯 최수빈에 대해서도 나한테 보고하는 거야."

흔한 말로 이중 스파이라고 한다.

물론 고서윤이 그 말을 곧이곧대로 들을 리가 없다.

"죄송한 말씀이지만 전 그렇게 신의 없는 짓을 할 수 없습니다. 어떻게 키워주신 분을 배신……."

"난 배신하라고 한 적 없는데?"

"그게 무슨 말씀이십니까?"

"배신이라는 건 뒤통수를 치는 걸 얘기하지. 누가 숨기래? 내가 이런 요구를 했다고 그 인간한테 얼마든지 말해도 돼. 그리고 난 충분히 이런 요구를 할 만하지 않나? 왜 나만 동물원 원숭이처럼 모든 생활을 관찰당해야 하느냐고. 수지가 안 맞잖아?"

태웅의 말에 고서윤이 점점 넘어오고 있었다.

점점 흔들리는 그의 표정을 보며 태웅은 자신의 복안이 성공했음을 예감했다.

'역시 스킬 효과 죽여주는군.'

그의 말이 이상할 정도로 듣는 사람의 마음을 파고들 수 있는 비결.

바로 태웅이 새로 얻은 스킬 '미친 설득력' 때문이었다.

〈미친 설득력〉

철벽같은 상대의 마음도 무너뜨릴 수 있는 현란하고 논리 정연한 말을 자유자재로 구사하게 됩니다. 같은 말을 하더라도 상대방에게 더 호소력 있게 들리며 가슴을 흔들어 설득시키는 능력입니다.

무려 라이프 포인트 50을 소모하여 얻은 능력이다.

미리 노리고 있던 능력이긴 하지만 큰맘 먹고 구입하게 된 것은 계약 연애가 끝난 후 혹시라도 달라붙을 최예린을 떼어놓기 위해서였다.

만에 하나 그녀가 자신이 좋다고 계속 매달리는 상황이 온다면 여러모로 곤란한 지경에 처하게 된다.

그럴 경우 이 스킬은 아주 유용하게 쓰일 것이다.

또한 지금처럼 자신의 뜻을 관철시켜야 할 때도 효과 만점이다.

"그리고 그전에 나한테 얘기해 줘야 할 게 있지? 바로 최수빈이 어떤 사람인지에 대해서 말이야."

"그것도 역시 배신……."

"자꾸 배신, 배신 할래? 그게 무슨 배신이야? 상대방이 나에 대해서 속속들이 다 아는데 나는 왜 그에 대해 아무것도 몰라야 하지? 그 사람과 나는 칠상파와 함께 싸우고 있는 동지나 다름없다고. 그러니까 얼른 대답이나 해봐."

역시나 여러 번의 실랑이 끝에 결국 고서윤은 태웅의 말발에 넘어갔다.

스스로도 이상하게 생각할 정도로 고서윤은 태웅의 논리에 설득당했고, 어느새 최수빈에 대해 아는 것을 성의껏 불기 시작했다.

가장 충격적인 사실은 최수빈이 원인 모를 불치병에 걸렸으며 앞으로 살날이 얼마 남지 않았다는 것이다.

'대어로군.'

예상 못 한 잭팟을 터뜨린 태웅이었지만 괜히 말을 들었나 싶어 씁쓸해졌다.

동시에 그 스토커 같은 인간에 대한 분노와 짜증도 연기처럼 자취를 감췄다.

"어쩌다가 그렇게 된 거야? 나이도 젊은데."

"유전병이라고 합니다. 가문 대대로 내려오는 질환이죠. 친가 쪽 남자는 대부분 50세를 넘기지 못하고 단명했습니다."

자신의 주인에 대해 술술 털어놓은 고서윤이 시원한 표정을 지었다.

'그런가. 남은 시간이 얼마 없어서 복수를 마무리 지으려고 하는 건가?'

아니, 그렇다고 한다면 더 이상하다.

칠상파를 무너뜨리기 위해 동분서주할 시간에 왜 자신에게 그렇게 집착했을까?

"원래 그분의 꿈이 세계적인 대배우였습니다. 노력도 안 해 본 것은 아니지만, 저주라고 할 정도로 재능이 없어서 포기했죠."

"…으잉?"

태웅은 뒤통수를 한 대 맞은 듯한 기분이 들었다.

"배우가 꿈이었다고?"

"그렇습니다. 어릴 때부터 해외 유수의 명문 학원에 다니고 개인 교습까지 받았지만 실패했죠. 유명 배우들과 강사들이 달라붙어도 연기력은 개미 코딱지만큼도 발전이 없었습니다."

이거 자기 주인을 디스하는 것 같은데…….

어쨌든 그런 말을 들으니 왠지 웃음이 났다.

그 인간이 연기라니…….

어정쩡한 표정과 몸짓, 말투로 연기를 하는 모습을 상상하니 입가가 실룩거렸다.

"형님에게 집착하는 이유는 저도 모르겠습니다. 그분은 가까운 사람에게도 속내를 털어놓는 사람이 아니니까요. 다만 제가 짐작하는 것은 형님에게서 뭔가 빛을 본 게 아닌가 합니다."

"빛?"

"그렇습니다. 자신이 가질 수 없는 것에 대한 동경, 아직 세상 사람들이 알진 못하지만 누구보다도 값진 원석을 발견했다는 느낌? 어렴풋이 알 것 같기도 합니다."

태웅은 어깨를 으쓱했다.

재능이 없는 사람, 사람을 잡아끄는 매력이 없는 사람이 자신 같은 사람을 봤을 때는 두 가지 반응을 보인다.

노골적인 적의와 질투.

또는 미칠 듯한 사랑과 동경.

완전히 상반되는 반응이지만, 그것은 타고난 스타와 아닌 사람을 구별하는 척도 같은 것이다.

아마도 최수빈은 후자일 것이다.

'이거 왠지 도와주고 싶은 마음이 생기는데?'

어쨌거나 그는 국제적으로 노는 거물이다.

최수빈이 죽기 전 군이 한국의 악덕 조폭을 때려잡는 일에 목숨을 건다면 그 나름대로 비장한 결의를 한 셈이다.

'마지막 소원 삼아 도와줄 수도 있지. 그리고 어쨌든 그놈들은 나쁜 놈들이고.'

일단은 최예린부터 꼬드겨 보기로 했다.

그녀에게 트라우마를 안겨준 인물, 나인핑거스의 대표 공진수.

분명 칠상파에서 가장 높은 위치에 있는 인물일 것이다.

'까짓것, 그깟 조폭 하나 못 때려잡을까 봐?'

게다가 그 인물은 아마도 대한민국 연예계에서 큰 힘을 발휘할 수 있는 거물일 것이고, 온갖 연예인을 착취하는 게 일상일 것이다

'내 손에 걸렸으니 죽었다고 복창해라.'

하지만 그는 아직 그 뒤에 있는 일명 'VIP'의 존재에 대해 모르고 있었다.

*   *   *

최예린의 부활로 촬영은 궤도에 오르고 있었다.

바이러스 치료약을 개발하기 위한 두 주인공의 이야기를 중심으로 여주인공 수연에게 집착하는 수많은 남자들의 이야기가 서브로 등장했다.

남주인공 영준을 사랑하는 동료 연구원 주아라까지 나타나면서 이야기는 점점 더 풍성해졌다.

영화의 중반부, 첫 키스신을 앞두고 태웅은 최예린과의 사전 연습에 돌입했다.

장소는 역시나 그녀의 집.

혼자 사는 그녀의 집은 넓기도 했지만 순백색으로 뒤덮인 하얀 궁전 같은 곳이었다.

하지만 태웅은 너무나 깨끗한 집 안의 풍경에 약간의 위화감을 느꼈다.

'꼭 결벽증 같군. 먼지 하나 없이 깨끗하다니… 딱히 청소하는 사람을 둔 것도 아닌 것 같은데.'

하긴 공황장애로 인해 하루의 대부분을 집 안에서 보내는 그녀이다 보니 청소할 시간은 많을 것이다.

이런 것 또한 정신적인 문제로 느껴져서 태웅은 마음이 좋지 않았다.

'오늘은 최대한 자제하자.'

청춘 남녀가 단둘이 집 안에서 러브신 연습을 한다.

설레는 상황이면서도 스파크라도 튄다면 위험해질 수 있었다.

물론 계약 조건에 '촬영을 위한 스킨십은 딥 키스까지 허용한다'는 조항이 있지만…….

"점심 아직 안 먹었죠? 제가 이것저것 좀 차려봤는데."

식탁에는 이미 토마토소스 파스타와 연어 샐러드, 걸쭉한 채소 수프 미네스트로네 등이 그윽한 향기를 뿜내며 깔끔하게 배치되어 있었다.

살짝 어두운 할로겐 조명에 촛불이 일렁이는 은촛대, 화이트 와인까지…….

그녀는 왠지 평소와 다르게 들뜬 듯한 분위기였다.

'정말 감정이입을 잘하는구나.'

왜 그녀가 과거 상대 남자 배우와 연이어 스캔들이 났는지 알 것도 같았다.

굳이 계약 연애까지 안 하더라도 연애물이라면 배역에 몰입을 잘했을 것이다.

"이탈리아 음식 좋아해요?"

"그럼요. 김태웅의 태가 이태리 할 때 그 탭니다."

"뭐야? 호호호!"

썰렁한 농담에도 그녀는 웃음을 터뜨렸다.

하늘하늘한 꽃무늬 원피스를 입고 긴 생머리를 늘어뜨리고 있는 모습이 유난히 매력적이다.

화장을 한 듯 안 한 듯한 청초한 얼굴에 발그레한 뺨, 그리고 멀리 떨어져 있는데도 은은하게 전해져 오는 샴푸 냄새까지.

'안 돼! 정신 차려! 벌써부터 이러면 곤란해!'

태웅이 있는 힘껏 고개를 흔들자 그녀가 놀란 듯 물었다.

"왜 그래요? 음식이 별로예요?"

"아니, 아닙니다. 그냥 귀에 뭐가 들어가서요."

"어머, 좀 봐요."

그녀가 프라이팬을 내려놓고 가까이 다가왔다.

정신을 혼미하게 하는 샴푸 향이 더욱 가까워졌다.

'으윽!'

그녀가 태웅의 귓불을 손으로 잡곤 유심히 안을 들여다보았다.

아무래도 괜한 핑계를 댄 것 같았다.

"뭐가 없긴 한데… 괜찮아요?"

"네, 지금은 괜찮아요."

태웅은 애써 정신을 수습하며 미소 지었다.

그녀가 마주 보며 환하게 웃자 방 안까지 환해지는 것 같았다.

'왜 한때 최예린, 최예린 했는지 알 것 같네.'

근 몇 년간 작품 활동을 하지 않고 사람들에게 잊히기 전만 해도 그녀는 자타 공인 최고의 스타 배우였다.

이른 나이에 데뷔하여 여주인공 자리를 놓치지 않았고, 대한민국 미녀 배우 하면 무조건 다섯 손가락 안에 꼽히는 스타였다.

하지만 어느 날부터 갑자기 거짓말처럼 작품 활동을 그만두고 공식 석상에 모습도 드러내지 않았다.

마약 중독이라느니 비밀 결혼을 했다느니 하는 온갖 루머가 나돌았다.

그런 그녀가 다시 재기하여 멜로 영화에 출연한다.

그것도 요즘 뜨고 있는 태웅과 호흡을 맞춘다는 사실에 언론의 관심이 집중되었다.

대중 역시 뜨거운 관심을 보였다.

〈돌아온 최예린, 3년 만의 복귀작! 상대는 대세 배우 김태웅〉

주목을 받을수록 그녀는 다시 악화됐고, 대본 리딩 직전 첫 만남 자리에서 바닥에 주저앉기도 했다.

하지만 지금은 태웅에게 의지하며 재기를 위해 발버둥치고 있다.

만약 그가 그녀의 제안을 받아들이지 않았다면 그녀는 다시 한번 침몰했을 것이고, 두 번 다시 일어서지 못했을 수도 있었다.

'어쩌다가 이렇게 됐을까?'

그는 자신의 전생을 떠올리곤 씁쓸해졌다.

지독한 우울증과 약물 중독에 빠져서 막판에 호텔 욕조에서 쓸쓸히 죽음을 맞이한 것.

마지막에 누군가가 낭떠러지에 매달려 있는 듯한 그의 손을 잡아주었다면 그런 죽음은 피할 수 있었을지도 모른다.

'그래, 최선을 다해 돕자. 사람 하나 살리는 것과 마찬가지야.'

한때 한국 최고의 여배우.

지금은 자신밖에 의지할 곳이 없는 외로운 여자다.

"음식이 정말 맘에 들어요. 요 근래 먹어본 것 중에서 제일 맛있네요."

"그래요? 다행이다."

그녀가 환한 미소를 지었다.

빈말이 아니라 사실이었다.

실제로 놀라울 정도로 맛있었다.

이탈리아 유학 시절 현지 셰프에게 직접 배운 요리라고 했다.

와인까지 가볍게 한 잔씩 하고 나니 호젓한 분위기가 되었다.

"그럼 이제 시작해 보죠."

얼른 끝내고 가야 할 것 같은 기분에 태웅이 입을 열었다.

첫 키스신의 내용은 다음과 같다.

극 중 수연은 다양한 실험에도 불구하고 사랑의 감정을 가지는 데 실패하고 만다.

그녀와 만나던 남자들은 그녀가 계속해서 몸이 약해지는 이유가 바로 FDLV에 걸렸기 때문이라는 사실을 알게 된다.

즉 '그녀가 자신을 사랑하지 않는다'는 진실을 깨닫게 된 남자들은 수연에게 배신감을 느끼게 되고, 모두 이별을 고한다.

아무도 자신을 돌봐주지 않는 상황에서 쓰러져 죽어가던 그녀를 찾아간 영준은 이상한 감정을 느끼고 그녀에게 키스를 하게 된다.

그 순간 그녀의 마음속에서도 이상한 감정이 피어오르고 머릿속이 하얗게 변하며 스파크가 튄다.

두 사람이 처음으로 서로에게 사랑의 감정을 느끼게 되는 신이었다.

"일부러 초췌하게 보이려고 화장도 별로 안 했어요. 이러면 조금 병자 같죠?"

소파에 누운 그녀가 태웅을 올려다보며 물었다.

'병자가 아니라 이건…….'

입고 있는 원피스가 살짝 어두워진 조명 아래에서 보니 마치 슬립 가운 같았다.

아래쪽도 살짝 말려 올라가서 새하얀 허벅지가 훤히 보였다.

애써 시선을 돌리며 그는 대답했다.

"느낌은 나올 것 같아요. 그럼 한번 해보죠."

"네."

*　　　*　　　*

근사한 가스형 벽난로가 설치된 거실에서 두 사람은 분위
기를 잡았다.

촉촉한 눈빛으로 자신을 올려다보는 예린에게 몸을 가까이
한 태웅이 걱정스러운 표정으로 입을 연다.

"이렇게 될 때까지 뭐 했어요? 아니… 그게 그렇게 어려워
요? 누군가를 사랑한다는 게?"

"……."

"수연 씨, 만나는 남자들도 많잖아요. 그 가운데 정말로 감
정이 생기는 사람이 아무도 없는 거예요?"

"전 그게 안 되나 봐요. 마음이 죽은 것 같아요."

힘없이 입을 여는 그녀의 입가에 희미한 미소가 떠오른다.

"이것도 나쁘지 않네요. 사랑을 못해서 죽는 여자. 뉴스에
나오면 그럴듯하겠다. 그렇죠?"

남 얘기하듯 말하는 그녀를 보며 그는 마주 웃다가 천천히
얼굴을 갖다 댄다.

잔뜩 긴장한 듯 그녀의 몸이 굳는 것을 본 태웅이 움직임
을 멈추었다.

"왜요?"

촬영으로 치면 NG.

그는 고개를 갸웃하다가 입을 열었다.

"너무 몸이 긴장했어요. 눈도 그렇게 꾹 감으면 안 되죠. 지금 이 상황에서는 약간 풀어진 느낌이 나야 해요. 다시 한번 가보죠."

"아……."

연기 경력에 있어서는 훨씬 오래되었다고 자부하는 그녀지만 도리어 태웅의 연기 지도를 듣고 있었다.

똑같은 상황, 태웅의 얼굴이 천천히 다가오자 그녀는 눈을 동그랗게 뜨고 그를 바라보았다.

"왜 그렇게 빤히 봐요?"

"네?"

"살짝 풀린 듯한 느낌이 나야 된다니까. 다시 가보죠."

"네, 네."

태웅이 그녀에게 나름 엄격하게 구는 것은 이유가 있었다.

잘못하면 분위기에 말려서 연기가 아닌 상황이 될 수도 있기 때문이다.

이번에는 적당히 풀린 눈빛과 표정을 한 그녀가 꿈을 꾸는 듯 태웅의 얼굴을 보았다.

가까워진 두 사람의 입술이 닿는 순간, 예린은 온몸이 화끈 달아오르는 것을 느꼈다.

'뭐, 뭐지?'

너무나도 좋은 기분에 그녀는 절로 소리를 냈다.

그러자 움직임을 멈춘 태웅이 다시 몸을 일으켰다.

"뭐 하는 겁니까?"

"네?"

"이상한 소리 냈잖아요."

"이상한 소리요?"

그녀는 잠시 영문을 몰라 하다가 얼굴이 빨개졌다.

"그, 그건 느낌이 너무 좋아서……."

"절제하세요. 지금의 여주인공은 남주인공과 키스를 하면서 그런 소리를 낼 단계가 아닙니다."

"알았어요……."

그녀는 고개를 끄덕이면서도 은근히 불만이 생겼다.

'그럼 기분이 좋은데 어떻게 하라고…….'

하지만 몰입이 깨지진 않았다.

연기만 들어가면 뜨거움과 차가움을 동시에 담은 눈빛으로 그가 자신을 바라봤기 때문이다.

연구원으로서의 이성을 유지하려고 하지만 뜨겁게 차오르는 감정에 어찌할 바 모르는 남주인공을 제대로 연기해 내는 태웅에게 그녀는 감탄하지 않을 수 없었다.

게다가 이런 상황에서는 사심을 품고 무례한 행동을 할 수도 있건만, 오히려 스스로 선을 지키려는 모습 또한 남다르게 다가왔다.

'이 사람, 뭔가 달라.'

처음에는 단순히 지푸라기라도 잡는 심정으로 그에게 계약 연애를 제의했다.

자기 나름대로 극에 몰입하기 위한 수단이었다.

그가 이런저런 조건을 내밀었을 때도 나름 최고의 여배우로서 자존심이 상했지만 군말 없이 응했다.

지금까지 상대한 남자 배우들은 쉽게 흔들리는 마음을 가진 그녀의 성향을 이용만 했다.

적당히 데리고 놀다가 신경 쓸 일이 많아지자 그녀를 떠났다.

혹은 돈을 뜯어내거나 이용해 먹으려고도 했다.

그래서인지 작품을 통해 만난 남자들은 오래 이어지지 못했고, 이별을 맞이할 때마다 그녀의 상처는 더욱 깊어졌다.

하지만 이 사람, 태웅에게서 받는 느낌은 무척 신선한 것이었다.

"다시 갑니다. 이번에는 정신 똑바로 차려요."

"…네."

다소 딱딱한 그의 말투조차 왠지 믿음직하게 느껴졌다.

두 번째로 입술이 닿는 순간 그녀는 찌릿한 느낌에 몸을 부르르 떨었다.

신음 소리가 나오려는 것을 애써 참아내면서 적당히 입술의 움직임을 받아들였다.

'어떻게 해. 기분이 너무……'

절로 몸이 배배 꼬이는 듯한 감각에 그녀는 눈물까지 찔끔 흘렸다.

그것을 보고 그가 다시 몸을 벌떡 일으켰다.

"기분 나쁘셨습니까?"

"네? 아니… 그게……"

"너무 강도가 세면 말하세요. 저는 나름대로 조절한다고 하지만 받아들이는 쪽에서는 심하게 느껴질 수도 있으니까요."

"그렇진 않아요."

"그럼 왜 눈물이 난 겁니까?"

그의 말에 그녀는 어찌할 바를 몰라 하다가 입을 열었다.

"여, 여주인공의 심정이 이럴 것 같았어요. 절로 눈물이 나는? 뭔가 이유도 모르겠고 딱히 슬프지도 않지만 이상하게 눈물이 나는……"

그녀의 말을 듣고 있던 태웅의 표정이 굳어졌다.

'내가 뭔가 잘못 말했나?'

걱정하고 있는데 태웅이 고개를 끄덕이며 박수를 쳤다.

"바로 그겁니다. 지금 여주인공의 심정을 그렇게도 표현할 수 있겠군요. 저는 단지 대본만 생각했는데 그런 식의 임프로바이제이션도 입체적인 느낌을 주는 것 같아요. 역시 예린 씨는 뛰어난 배우십니다."

"네?"

"역시 여자의 마음을 표현하는 데 있어 남자인 저는 한계가 있군요. 쓸데없이 주절주절 말이 많았던 것 같네요. 이제부터는 키스에 집중하기로 하죠."

그의 말에 그녀는 몸이 부르르 떨렸다.

말만으로도 몸이 후끈 달아오르는 기분이다.

'이거 위험해. 또 사고 치면 안 되는데…….'

S# 7
다시는 스턴트맨을 우습게 보지 마라

　최대한 감정을 싣지 않으려 애쓰며 태웅은 최예린에게 입을
맞췄다.
　하지만 시간이 지날수록 그녀의 반응이 점점 심상치 않음
이 느껴졌다.
　'이러면 곤란한데…….'
　서너 번 정도 키스를 하고 나자 그녀의 눈빛이 촉촉이 젖었
고 호흡은 가빠졌다.
　얼굴은 어두운 불빛 아래에서도 확연하게 알아볼 수 있을
정도로 빨개졌다.
　다섯 번째로 입을 맞췄을 때 그녀가 두 손으로 태웅의 목

을 힘껏 끌어안았고, 손이 점점 내려가면서 그의 상반신을 더듬었다.

'에이 씨, 역시 적당한 선에서 멈췄어야 하는데…….'

애정 신에 있어서도 둘째가라면 서럽던 그다.

자신도 모르게 그만 현란한 입놀림을 구사해 버린 것 같았다.

만약 혀까지 쓴다면 무슨 일이 일어날지 모르겠다는 생각에 그는 몸을 일으켰다.

"후우, 여기까지 할까요?"

"…네?"

"이쯤 됐으면 충분한 것 같은데. 감도 다 잡은 것 같고요."

잠시 멍하니 있던 그녀가 고개를 저었다.

"아니요. 저 아직 감을 잘 못 잡겠어요."

"네?"

"조금 더 해봐야 할 것 같아요."

그녀답지 않게 단호한 말투였다.

"아닙니다. 여기까지 하는 게 좋겠어요."

"왜요? 제가 아직 잘 모르겠다는데……."

"예린 씨, 방금 내 몸 손으로 더듬었죠?"

그의 날카로운 질문에 그녀는 당황했다.

"네, 하지만 어디까지나 연기의 일환으로……."

"그래서 딱히 뭐라고 하진 않았습니다. 다만 여기서 더 진

행되면 그 이상의 스킨십을 하게 될 것 같군요. 우리 계약 조
건 잊지 않았죠?"

작품을 위한 스킨십은 딥 키스까지 허용한다.

어길 시 계약 종료에 위약금 10억.

"그래요, 딥 키스. 우리 아직 딥 키스는 안 했잖아요."

어라?

오히려 그녀가 세게 나온다.

"딥 키스까지 연습하고 오늘 연습 마무리해요. 그럼 됐죠?"

"흐음……."

도리어 조항을 걸고넘어지니 어쩔 수 없었다.

"좋아요. 그럼 해볼까요."

그의 말에 그녀가 다시금 잠잠해진다.

빙긋 웃기까지 하는 모습에 태웅은 어이가 없었다.

그리고 잠시 후.

"그만! 지금 뭐 하는 겁니까?"

"왜, 왜요?"

"누가 다리로 허리를 감으래요? 이런 액션이 어울린다고 생
각합니까?"

"아, 그랬나."

그녀는 시선을 돌리며 딴청을 피웠다.

여전히 눈은 풀려 있고 두 뺨은 발그레한 것이 섹시하기 그
지없는 모습이다.

남자라면 누가 봐도 가슴이 두근거릴 듯한 광경이었지만 태웅은 조금의 흔들림도 없이 단호하게 일어났다.

"오늘 연습은 여기까지입니다. 다음 촬영 때 뵙도록 하죠."

"그, 그냥 가시게요?"

"스케줄이 있어서요. 저녁 맛있게 잘 먹었습니다. 그럼."

뒤도 돌아보지 않고 그녀의 집을 나오며 태웅은 식은땀을 흘렸다.

'하마터면 큰일 날 뻔했군. 또 스킬을 써버렸잖아.'

현란한 딥 키스 스킬을 자신도 모르게 시전하는 바람에 그녀는 키스를 나누며 흐느끼기까지 했다.

'아무래도 애정 신 연습은 자제해야겠다.'

최예린의 반응으로 보아 앞으로 자신에게 더 빠질 위험성이 있었다.

사전에 철저히 차단하기 위해서는 앞으로 조금 더 조심스럽게 행동할 필요가 있었다.

한편, 혼자 소파에 누운 최예린은 아직도 키스신 연습의 여운에 잠겨 있었다.

방금 전의 달콤한 촉감을 떠올리니 또다시 심장이 거세게 뛰었다.

'어떻게 저렇게 키스를 잘할 수가 있지? 믿을 수가 없어.'

지금까지 많은 남자와 키스를 해봤지만 비교가 되지 않았다.

실로 믿을 수 없는 황홀한 순간이었다.

'왜 저렇게 빨리 가버린 거야? 외롭게……'

홀로 남은 적적함 때문에 그녀는 살짝 눈물까지 나왔다.

지금껏 함께 있던 사람의 빈자리가 더욱 크게 느껴졌다.

'이번에는 상대 배우랑 연애 안 하려고 했는데……'

쉽게 마음을 주는 성격 때문에 늘 상처를 입었다.

그래서 태웅이 계약 연애라는 형식을 내밀었을 때 다행이라고 생각했다.

철저하게 정해진 선을 지키기만 하면 되니까.

하지만 함께 대화를 나누고 피부를 맞대는 시간이 길어지며 그녀의 가슴속에서 또다시 뜨거운 감정이 솟구치고 있었다.

'태웅 씨, 왜 먼저 갔어요? 함께 있고 싶은데……'

그녀의 긴 한숨과 함께 밤이 깊어갔다.

*　　　　*　　　　*

최예린이 안정된 연기를 펼치기 시작하자 '치명적 러브'의 촬영은 순조롭게 진행되었다.

태웅은 이번에야말로 편안한 촬영을 하게 되어 다소 여유가 생겼다.

'그동안은 정말 별의별 일이 다 있었지.'

그러다 보니 사무실에 죽치고 있는 시간도 길어져 회사의 다른 식구들을 볼 기회도 많아졌다.

마가린은 음원 차트에서 쟁쟁한 아이돌을 상대로 10위권 안을 꾸준히 유지하며 선전하고 있었다.

행사도 많아져 윤철이 직접 챙기느라고 정신이 없었다.

"아니, 이게 누구야? 얼굴 보기 힘든 우리 김태웅 씨가 여긴 웬일로?"

"정 대표가 오히려 더 귀한 몸이지. 이젠 어엿한 잘나가는 기획사 사장이잖아?"

"야야, 말도 마라. 요즘 일손이 달려서 아주 죽을 지경이야."

"그럼 사람을 더 뽑아."

"쓸 만한 사람이 있어야 말이지."

말은 그렇게 해도 이미 꽤 충원을 한 상태였다.

마가린이 뜨자마자 행사나 광고, 음원으로 쏠쏠한 수입을 거두고 있는 것을 보아 역시 음악 쪽이 남는 장사이긴 했다.

다만 상당한 투자도 들어간다는 것이 문제지만.

"보컬 트레이너하고 댄스 트레이너도 구해야 하고 장비도 보강해야 하고… 신경 쓸 게 한두 개가 아니다."

그는 조만간 아이돌 연습생 중 쓸 만한 인재를 추려 걸 그룹이나 보이 그룹으로 데뷔시킬 생각인 것 같았다.

"그러고 보니 고 매니저가 안 보이네. 아직도 휴가인가?"

"응. 좀 길게 쉬다 오라 그랬어."

"그럴 상황이 돼? 너 지금 촬영 중이라 바쁘잖아."

"별로. 오히려 이번같이 편한 때가 있었나 싶다. 아무 사고 도 안 일어나잖아."

"하긴……."

지난번 담판 이후 태웅은 고서윤에게 보름간의 휴가를 주었다.

머리도 좀 식히고 생각도 정리하고 오라는 차원에서였다.

물론 자기가 휴가를 주었다고 해서 진짜로 쉴 수 있을지는 알 수 없다.

최수빈이 그 기간 동안 부려먹을 수도 있으니까.

'과연 뭘 하고 돌아올까?'

물론 매니저 일에 복귀하지 않고 영영 떠날 수도 있었다.

태웅이 '미친 설득력'을 발휘했다고 해도 어차피 태웅과 함께한 시간은 그의 인생에서 극히 일부일 뿐이니까.

"안녕, 레이디들. 어우 피곤하다."

문이 열리며 들어온 홍구가 늘어지게 하품을 하며 소파에 그대로 널브러졌다.

"영화는 다 찍었냐?"

"이제 막바지다. 감독님이 술만 좀 작작 했어도 진작 끝났을 텐데."

촬영 기간이 한없이 늘어지는 것이 한국 영화의 특징이라지만 이건 좀 심한 것 같았다.

홍구가 출연하는 퀴어 영화의 왕이반 감독.

그는 업계에서 알아주는 주당이라고 했다.

"어지간하구먼. 크랭크인 한 지가 언젠데……."

"그래도 이걸로 칸 간대잖냐. 난 데뷔작부터 큰물에서 논다. 하하하!"

홍구의 웃음이 어째 서글퍼 보였다.

상대 배우와의 열정적인 연기로 인해 목에 난 쪼가리 자국은 슬픈 훈장과도 같았다.

그를 안쓰럽게 바라보던 윤철이 뭔가 생각난 듯 태웅에게 고개를 돌렸다.

"근데 너, 오늘 스케줄 있다고 하지 않았냐?"

"응. 점심 먹고 가볼 데가 있어. 강동구 쪽에."

"그럼 같이 가자. 나도 어차피 행사 계약 때문에 그쪽으로 가야 되거든."

"그래? 거기 불고기 맛있는 데 있는데 밥이나 먹자."

"어딜 가? 니들끼리 나만 놔두고 맛있는 걸 먹으러 간다고?"

"일이다, 인마."

"어허, 그래도 뭔가를 먹는 자리에 이 형님이 빠지면 안 되지."

결국 세 사람은 오랜만에 차를 타고 동행했다.

목적지에 도착한 윤철이 주위를 둘러보곤 뭔가 이상하다는 듯 말했다.

"여기야? 뭐가 이렇게 휑하냐?"

"뭐, 곧 짓는다니까. 그런데 아직 건물들이 있는데?"

듣기로는 이곳이 삼원 건설의 새 아파트 브랜드 '사르미'가 세워질 부지라고 했다.

'광고 사전 미팅 때 들은 기억으로는 강동구 쪽 넓은 공터라고 했는데……'

들은 바와 달리 곳곳에 다 쓰러져 가는 듯한 집들이 보였다.

"완전 달동네네? 서울에 아직 이런 곳이 있구나."

"그러게. 사람들도 살고 있는 건가?"

전봇대나 나무에 걸린 현수막에는 '주민 생존권 보장하라!', '대기업의 횡포, 주민 합의 없는 강제 철거 웬 말이냐!' 같은 글자가 붉은 글씨로 적혀 있어 을씨년스럽기 그지없었다.

"오셨군요, 김태웅 씨. 오랜만입니다."

건물 사이에서 갑자기 나타난 낯익은 얼굴, 황병준 기자가 태웅에게 인사를 건넸다.

그를 본 태웅은 어리둥절해했다.

"뭡니까? 기자님이 왜 여기 있는 거죠?"

언제나 스토커처럼 귀찮게 따라붙는 인간들 중 하나인 그를 보자 절로 눈살이 찌푸려졌다.

"제가 부르지 않았습니까? 여기 한번 와보시라고요."

"으잉?"

태웅은 고개를 갸웃했다.

그가 여기 온 것은 실버문에 새로 충원된 사무 보조 직원의 메시지를 받고서였다.

'사르미' 광고 촬영 전 알아둘 것이 있으니 이 장소로 오라는 메시지였다.

당연히 삼원 건설 쪽 관계자나 ROD에서 온 연락인 줄 알고 왔는데…….

그러고 보니 직원이 기자 어쩌고 한 것도 같다.

'너무 흘려들었나? 알파고가 없으니 이런 실수를 다 하고. 에잇!'

속도 모르고 다가온 황병준이 그를 향해 입을 열었다.

"새 아파트를 짓는다고 가난한 주민들을 내쫓는 이런 일이 21세기에도 여전합니다. 삼원 건설, 새마을운동 때부터 이런 짓에는 아주 도가 튼 기업이죠. 태웅 씨가 사르미 광고를 찍는다는 얘길 들어서 이걸 꼭 보여주고 싶었습니다."

태웅은 잘못 말려들었다는 기분에 꺼림칙해졌다.

"뭔가 전달에 착오가 있는 것 같은데, 전 기자님하고 할 얘기가 없습니다. 이만 가보겠습니다."

"태웅 씨, 그러지 말고 여기를 한번 둘러보시죠. 이 치열한 삶의 현장을."

"뭐래?"

어느새 건물에서 나온 사람들이 시위 같은 걸 하는 모습도 보였고, 여기저기에서 시끄러운 소리가 들려왔다.

다들 허름한 차림새의 궁핍해 보이는 사람들이었다.

간간이 갓난아이를 안고 있는 아주머니들도 보였다.

윤철이 그 광경을 보곤 굳은 표정으로 말했다.

"빨리 가자. 예감이 좋지 않다."

고개를 끄덕인 태웅이 멀리 주차해 둔 차로 향하려는 찰나, 갑자기 바로 앞 공터에 여러 대의 검정색 밴이 달려와 섰다.

그러고는 안에서 작업복을 입은 남자들이 우르르 내렸다.

그들은 손에 각목이나 쇠 파이프, 배척 따위를 들고 서슬 퍼런 기색으로 모여 있는 사람들을 향해 다가왔다.

"용역이다!"

몰려 있던 사람들 사이에서 비명이 터져 나왔다.

용역이라고 불린 남자들 중 독사 같은 눈빛에 콧수염을 단 사람이 주위를 둘러보며 외쳤다.

"밟아!"

'아니, 이게 뭐야?'

갑작스레 들이닥친 남자들이 연장을 들고 주민들을 후려 패기 시작했다.

"어이, 이게 대체 뭐요?"

아무런 대답이 없어 시선을 돌리니 황병준이 어느새 카메라를 꺼내 든 채 금이 간 건물 사이에 숨어서 연신 사진을 찍어대고 있었다.

'뭐야, 저 자식? 이런 상황에서……'

어이없어하고 있는데 갑자기 앞에서 쇠 파이프를 들고 자신을 향해 달려오는 남자가 보였다.

태웅은 번개같이 몸을 피하며 다리를 쭉 뻗었고, 남자가 그의 발에 걸려 나뒹굴었다.

"정 대표! 넌 일단 경찰에 신고해!"

"알았어! 일단 빨리 나가자!"

얼굴이 하얗게 질린 윤철이 자신에게 덤벼드는 남자 하나를 그대로 바닥에 메다꽂은 후 말했다.

'맞다. 이 인간도 스턴트맨 출신이지?'

난장판인 상황, 남자들은 30명쯤 되었다.

반면 이들보다 두 배는 더 많은 주민들은 평범한 사람들인데다가 노인에 애들, 여자들까지 끼어 있어서 속수무책으로 당하고 있었다.

"저런 쓰레기 같은 새끼들이……"

태웅은 울컥 화가 치밀어 올라 남자들을 향해 덤벼들었다.

"태웅아! 위험해!"

홍구가 깜짝 놀라 외쳤지만 태웅은 이미 눈에 뵈는 게 없었다.

쓰러진 노인을 질질 끌고 발길질을 해대는 남자의 턱을 그대로 날려 버린 태웅은 옆에서 덤벼드는 남자에게 그대로 플라잉 니킥을 꽂아 넣었다.

"이것들이 감히! 액션 스쿨 출신 스턴트맨의 무서움을 보여 주마!"

홍구가 바닥에 뒹굴고 있는 각목 두 개를 집어 들고 미친놈처럼 휘두르자 덤벼들던 남자들이 가까이 오지 못하고 쭈뼛거렸다.

윤철까지 가세하자 남자들의 대열이 무너지기 시작했다.

"뭐야, 저것들은?"

콧수염 남자 조장이 갑자기 난입하여 자기 부하들을 때려 눕히고 있는 세 남자를 보곤 황당하여 근처에 서 있는 부하에게 물었다.

"스, 스턴트맨이라는데요?"

"뭐, 스턴트맨? 스턴트맨이 영화는 안 찍고 왜 여기서 지랄이야?"

그가 입을 쩍 벌린 채 보고 있는 사이 멀리서 사이렌 소리가 들려왔다.

"이런 니미럴……."

*   *   *

경찰서로 향한 실버문 삼총사는 용역들과 함께 조사를 받았다.

두들겨 맞은 용역들은 대부분 같이 끌려왔고, 콧수염 조장 역시 태웅에게 뒷덜미를 잡히는 바람에 도주에 실패하고 말았다.

당연히 용역들이 처벌받을 것이라고 생각했지만 상황이 요상하게 돌아갔다.

"우린 합법적인 행정 집행을 했을 뿐인데 저 사람들이 폭력을 사용했어요. 아니, 각목 들고 휘두르는데 맞대응을 해야지 별수 있습니까?"

조장의 말에 홍구가 주먹을 움켜쥐고 부르르 떨었다.

"뭐가 어째? 이런 깡패 새끼들이 뻔뻔하게 우리한테 덤터기를 씌워?"

그러자 경찰이 못마땅한 듯 홍구에게 말했다.

"거, 조용히 하세요! 여기가 어디라고 그렇게 목소리를 높입니까?"

"아니, 그게 아니라……"

경찰의 태도에 태웅은 기가 막혔다.

"이거 아무래도 좆 된 거 같다. 저것들 다 한패 아냐?"

윤철이 나지막한 목소리로 속삭였다.

철거민 대표도 조사를 받고 있었지만 들려오는 소리를 보니 딱히 호의적인 대우는 아닌 것 같았다.

"나도 이런 일 하는 선배들한테 들은 얘기가 있는데 애당초다 경찰에 신고하고 철거 들어간댄다. 합법이라서 경찰도 어쩔 방법이 없대."

"그게 무슨 소리야?"

"용역이 경찰 할 일을 대신 해준다는 거지. 그리고 폭력을 써도 어차피 쌍방 처리에 불법을 저지르는 쪽은 철거민 쪽이 된다나."

듣고 나니 정말 뭐 같은 법이었다.

불법이든 합법이든 따지기 전에 힘없고 가난한 사람들을 깡패들이 두들겨 패고 짓밟았는데…….

도리어 철거민들을 도와준 이쪽이 불리한 상황이다.

"삼원 건설 입김도 들어갔겠지. 대한민국에서 대기업만큼 힘센 놈들이 또 있냐?"

"그것들 처벌할 방법은 없는 거야?"

"중간에 철거 업체 끼고, 용역 업체 끼고, 합법적 행정 신고 후 때려 부수는 건데 어디 되겠어? 죄다 한통속인데…….'

"그럼 우린 정말 좆 된 거네. 니미럴."

홍구가 분한 듯 이를 갈았다.

태웅 역시 겉으로는 태연했지만 속으로는 부글부글 끓고 있었다.

'황병준 이 인간은 어디로 튄 거야?'

졸지에 폭력에 공무 집행 방해로 잡혀 들어갈 판이다.

카메라로 연달아 찍어댔는데 또 뭐라고 기사를 쓸지…….

더 열받는 것은 지금의 상황이었다.

삼원 건설의 아파트 브랜드 CF를 찍기로 한 자신이 도리어 그들이 고용한 용역에게 공격을 당했다.

단지 그 자리에 있었을 뿐인데 말이다.

혹자는 요즘 세상에 이런 일이 있겠냐고 하겠지만 엄연히 일어나고 있는 현실이었다.

"가만, 그런데 형씨, 어딘가 낯이 익는데요?"

조서를 꾸미기 위해 앉은 태웅을 보고 형사가 고개를 갸웃했다.

한참 동안 뭔가 생각하던 그가 무릎을 탁 쳤다.

"김태웅 아니에요? 우상에 나오고 얼마 전에 그 뭐냐, 노튼 베어울프하고 같이 찍은 거……."

"유스 곤 와일듭니다. 김태웅 맞고요."

"맞네, 유스 곤 와일드! 우와, 나 그 프로그램 엄청 좋아하는데."

순식간에 태웅에게 시선이 집중되었다.

"어? 진짜네?"

"그러게. 왠지 어디서 본 것 같다 했더니……."

심지어 얻어터진 용역들까지도 그를 알아보고 탄성을 질렀다.

경찰서 내가 소란스러워지자 반장으로 보이는 중년 남자가 소리를 빽 질렀다.

"조용히들 안 해? 연예인 처음 봐? 어디까지나 피의자야, 피의자! 정신 똑바로 차리고 일들이나 해!"

'피의자?'

반장의 말에 태웅은 어이가 없었다.

"아니, 내가 왜 피의잡니까? 난 그냥 거기 갔다가 저 사람들이 연장 들고 덤비길래 맞대응한 것뿐인데요."

그 말에 반장이 그를 보며 어이가 없다는 듯 고개를 저었다.

"김태웅 씨, 일이 그렇게 간단하지가 않아요. 일단 저 업체 사람들 얼굴 좀 보세요. 그리고 태웅 씨 쪽 얼굴도 함 보시고."

거의 깨끗한 실버문 삼총사에 비해 용역들의 얼굴은 상처가 가득했다.

"근데요? 얼굴이 어떻든 뭔 상관입니까?"

반장은 혀를 차며 더 이상 말을 섞지 않겠다는 듯 자리에 앉았다.

태웅은 자신을 쳐다보는 동정심 가득한 시선들을 보곤 기가 막혔다.

'이렇게 나온다 이거지. 내가 순순히 당할 것 같아?'

복도로 나온 그는 즉시 황병준 기자에게 전화를 걸었다.

―태웅 씨, 몸은 좀 괜찮아요?

대뜸 자신의 안부를 묻는 그에게 어이가 없었지만 태웅은 대뜸 본론부터 말했다.

"지금 어딥니까?"

—사무실입니다.

"어떻게 하실 거죠?"

앞뒤 다 자른 질문이었지만 황병준은 즉시 대답했다.

—기사 쓰고 있습니다. 최대한 빨리 낼 생각이고요.

"기사요?"

—오랜만에 특종이니까요. 그리고 한시라도 빨리 송출해야 거기서 좀 유리해지지 않겠습니까?

역시 고단수다.

얘기하지 않아도 이쪽의 사정이 어떻게 돌아가는지 꿰고 있는 듯했다.

"그 말대롭니다. 최대한 빨리 기사 뿌려주세요."

—그런데 미리 물어볼 게 있습니다만…….

"뭡니까?"

—태웅 씨는 엄밀히 말해서 삼원 쪽 사람이지 않습니까? 사르미 CF 찍기로 한 배우잖아요?

"그런데요?"

—게다가 그 뭐시냐, 강지나 대표하고 친분도 있으시죠?

"무슨 얘길 하고 싶은 겁니까?"

—아실 텐데요. 이거 내면 입장이 곤란해지실 것 같아서 그럽니다. 태웅 씨나 삼원 쪽이나.

태웅은 그가 무슨 말을 하는지 알 것 같았다.

"상관없는데요."

—오호, 정말입니까?

"나 지금 바쁩니다. 그러니까 두 번 말하게 하지 말고 그냥 기사 내세요. 정확한 팩트로 부탁드립니다."

—고맙습니다. 역시 제 눈이 틀리지 않았네요. 김태웅 씨는 보통 사람이 아닙니다. 깨어 있으신 분이에요.

뭔 헛소리야?

짜증이 솟구쳤지만 태웅은 군말 없이 전화를 끊어버렸다.

조금만 더 얘기했으면 아마 쌍욕을 퍼부었을 것이다.

"잘했다."

태웅의 결정에 윤철이 씨익 웃었다.

이렇게 되면 아파트 CF는 물 건너갈 텐데도 그는 마냥 즐거워 보였다.

"실성했냐? 뭐가 그렇게 즐거워?"

"내가 원래 반골 기질이 있거든. 그래서 힘센 놈들 엿 먹일 생각을 하니 기분이 좋아져."

"그 힘센 놈이 우리 쪽이거든?"

"그걸 아는 놈이 그러냐?"

태웅은 딱히 두렵지도 아쉽지도 않았다.

CF야 안 찍으면 그만이고, 경찰 조사도 그냥 될 대로 되라는 마음이다.

무엇보다 이 상황에서 죄를 뒤집어쓰는 것만큼은 참을 수 없었다.

눈앞에서 힘없는 사람들이 구타당했는데, 그들을 도왔다고 처벌을 받는다는 게 말이 되는가?

늦은 시간까지 조사를 받고 귀가한 다음 날 인터넷이 발칵 뒤집혔다.

황병준 기자의 기사가 온라인에 게재되고 난 후 폭발적인 조회 수를 기록한 것이다.

⟨'우상'의 천만 배우 김태웅, '사르미' 철거 현장에서 철거민들을 대신해 싸우다!⟩

자극적인 제목과 내용이었지만 팩트를 거의 있는 그대로 다룬 기사였다.

용역들에게 두들겨 맞는 노약자들의 모습과 그들과 맞서 싸우는 태웅의 고화질 사진이 대문짝만 하게 실려 있는 기사였다.

—헐, 저게 뭐야? 지금이 쌍팔년도냐?

—미친, 철거맨 몰아내려고 저렇게 깡패를 써? 근데 김태웅은 저기 왜 있대?

—김태웅, 사르미 CF 모델이라는데 팀킬한 거임?

—무슨 액션 영화보다 더 쩐다. 저 셋 다 무술 유단자냐? 용역들이 처발리는데?

—존 멋있네. 약자들 편에서 싸우고. 나 오늘부터 김태웅 팬 한다.

엄청나게 많은 댓글이 달리며 용역과 싸우는 태웅의 모습 이 수많은 포털 사이트 게시판을 장식했다.

*　　　*　　　*

기사를 보고 누구보다 당황한 것은 강지나였다.

그녀는 얼굴이 새하얗게 질려서 손에 들고 있던 커피 잔을 놓치기까지 했다.

"괜찮으세요, 대표님?"

비서가 걱정스러운 듯 물었다.

"으, 응. 나 잠깐 어디 갈 데가 있으니까 차 좀 준비해 줘 요."

갑작스러운 현기증 때문에 이마를 어루만지며 그녀는 한숨 을 쉬었다.

이게 도대체 무슨 일일까?

그녀도 이런 일이 생길 줄은 꿈에도 몰랐다.

삼원 그룹 계열사인 삼원 건설의 일인 데다 하필 그런 자리 에 태웅이 있어서 휘말리기까지 할 줄이야.

기획사 일에만 집중하면서 할아버지의 회사에 존재하는 다른 사업부에 대한 관심은 거의 없는 그녀였다.

삼원 건설의 새로운 아파트 브랜드에 철거민 문제가 얽혀
있는 것도 전혀 몰랐다.

알았다면 이런 일에 태웅을 끌어들이지 않았을 것이다.

아니, 그게 문제가 아니었다.

애당초 그런 식의 강제 철거를 해서는 안 되는 일 아닌가?

그녀는 비서와 함께 차를 타고 삼원 건설 본사로 향했다.

삼원 건설의 대표는 강부식 회장의 차남 강삼수.

그녀에게는 둘째 큰아버지가 된다.

차기 회장 자리를 놓고 장남 강준수와 경쟁했으나, 파워 게
임에서 밀리고 있는 형국이었다.

겉으로는 인자한 척하지만 속으로는 이익과 손해를 세밀하
게 따지는 편으로, 반대편 사람들에게 소인배라는 평을 듣고
있는 인물이다.

건설업 쪽에서는 예전부터 무자비한 일 처리로 유명했다.

"네가 웬일이냐? 말도 없이 이렇게 찾아오고."

겉으로는 부드러운 미소를 지었지만 말투에서 은근히 언짢
은 심기가 묻어나왔다.

"바쁘실 텐데 연락도 없이 와서 죄송해요. 급하게 여쭤보고
싶은 게 있어서요."

"아버님이 아끼는 우리 삼원의 공주님이신데 나야 영광이
지. 하하하! 뭐든 물어보거라."

은근한 비아냥거림이 섞인 말이었지만 강지나는 차분하고 냉정한 목소리로 말했다.

"사르미 아파트 건 말인데요. 철거민들하고 문제가 있나요?"

그 말에 강삼수의 표정이 급격히 굳었다.

가뜩이나 기사가 떠서 회사가 한바탕 뒤집어진 후였다.

"그냥 추진 과정에서 흔히 있는 일이란다. 왜? 골치 아픈 일 있니?"

"기사에 난 김태웅 씨, 제가 삼원 건설 마케팅부에 소개해 준 사람이에요."

물론 그도 알고 있는 사실이다.

강지나가 그녀를 소개해 준 것까지는 몰랐지만.

"그렇구나. 그런데 왜?"

"그분이 강제 철거 현장에서 삼원 건설이 고용한 용역 업체 사람들에게 공격을 당했다는 것도 아시겠네요. 그 문제로 조사도 받고 있고요."

그녀의 날카로운 말에 강삼수 역시 점점 불쾌함을 드러냈다.

"그거야 그 친구가 먼저 정당한 행정 집행을 하는 직원들에게 손을 댔다고 하던데? 경찰에서 알아서 잘 조사하지 않겠나?"

"제가 좀 알아봤는데요. 그분은 그냥 정당방위였다고 하던데요. 그리고 애당초 철거민들에게 보상이 제대로 주어지지 않았더라고요. 턱없이 낮은 보상금 책정에다가 상가 건물주들이 대부분을 챙기기도 했고요. 그리고 갈 곳이 없어진 주민들이 버티니까 용역 업체 써서 힘으로 해결. 이거 너무 나쁜 방식 아닌가요?"

두 사람의 눈빛이 허공에서 충돌했다.

먼저 침묵을 깬 것은 강삼수였다.

"허허허, 우리 예쁜 조카가 왜 이럴까? 그거야 큰아버지 사업이니까 어떻게 돌아가든 네가 상관할 바 아니잖니? 왜, 할아버지가 맡긴 기획사는 별로 재미가 없는 거야?"

"충분히 재밌어요. 그리고 제가 소개해 준 배우분이 피해를 입었으니 저로서는 충분히 따질 수 있는 문제 아닌가요?"

"그 친구는 피해 안 가게 잘 조치해 주마. 그럼 되는 거지?"

귀찮다는 듯 대화를 끝내려는 그를 똑바로 마주 보며 그녀는 단호하게 말했다.

"철거민 문제도 합리적이고 올바른 방향으로 처리해야 하지 않을까 싶어요. 우리 삼원의 이미지뿐 아니라 기업의 정당성을 위해서도요. 한국 최고의 대기업이라는 말이 부끄럽지는 않아야 하지 않겠어요?"

강삼수는 그녀의 당돌함에 당혹스러움과 분노를 동시에 느꼈다.

물론 그의 성격상 대놓고 그것을 드러내지는 않았다.

"역시 우리 지나가 민수를 닮아서 참 똑 부러지는구나. 그녀석도 참 오지랖이 넓긴 했지. 쓸데없는 일에 목숨도 잘 걸고. 조금만 융통성 있게 굴었으면 지금 그렇게 되진 않았을 텐데 말이야."

일부러 자신의 부모를 건드리는 말이었지만 강지나는 태연했다.

"언론에 이슈가 되고 있으니 깨끗하게 처리 안 하시면 큰아버지께도 좋은 일 없을 거예요. 부디 현명하게 처리하시길 바라겠습니다."

강지나는 깍듯하게 고개를 숙이곤 자리를 빠져나왔다.

'건방진 년. 감히 나한테 훈계를 해?'

강삼수는 이를 뿌드득 갈면서도 그녀의 잘빠진 뒤태에서 시선을 떼지 못했다.

'내가 차기 회장이 되면 그때도 네년이 그렇게 잘난 척할 수 있나 두고 보자.'

*   *   *

한편 강지나는 바로 주차장으로 향하지 않고 혼자 근처를 산책했다.

답답한 심정을 주체할 수 없어 한숨만 푹푹 나왔다.

일이 이렇게 되어버렸으니 태웅을 무슨 낯으로 볼까?

가슴 한구석에 찌릿한 아픔이 느껴졌다.

그녀는 멍한 채로 청명한 하늘을 바라보며 하염없이 걷기만 했다.

『배우, 미친 흡입력』 5권에 계속…

초대형 24시 만화방

신간 100%, 샤워실, 흡연실, 수면실(침대석), 커플석, 세탁기 완비

■ 광명 광명사거리역점 ■

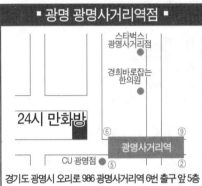

경기도 광명시 오리로 986 광명사거리역 6번 출구 앞 5층
02) 2625-9940 (솔목타워 5층)

■ 강북 노원역점 ■

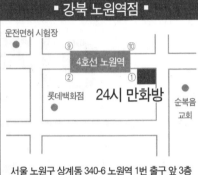

서울 노원구 상계동 340-6 노원역 1번 출구 앞 3층
02) 951-8324 (화용빌딩 3층)

■ 일산 정발산역점 ■

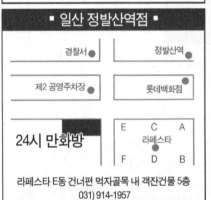

라페스타 E동 건너편 먹자골목 내 객잔건물 5층
031) 914-1957

■ 일산 화정역점 ■

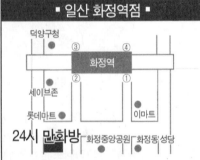

경기도 고양시 덕양구 화정동 984번지 서일빌딩 7층
031) 979-4874 (서일사우나 건물 7층)

■ 부천 역곡역점 ■

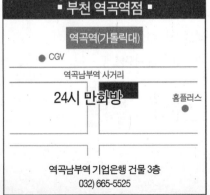

역곡남부역 기업은행 건물 3층
032) 665-5525

■ 부평역점 ■

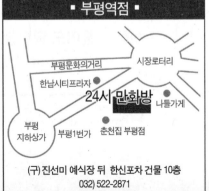

(구) 진선미 예식장 뒤 한신포차 건물 10층
032) 522-2871

이경영 판타지 장편소설

FANTASY FRONTIER SPIRIT

그라니트

용들의 땅

GRANITE

사고로 위장된 사건에 의해 동료를 모두 잃고 서로를 만나게 된 '치프'와 '데스디아'.
사건의 이면에 장식을 벗어난 음모가 있음을 알게 된 둘은
동료들의 죽음을 가슴에 새긴 채 각자의 고향으로 돌아간다.
2년 후, 뜻하지 않게 다시 만난 두 사람은 동료들의 복수를 위해
개척용역회사 '그라니트 용역'을 설립해 다시금 그 땅을 찾게 되는데……

용들이 지배하는 땅 그라니트!
그곳에서 펼쳐지는 고대로부터 이어지는 운명적 만남,
깊어지는 오해, 그리고 채워지는 상처.

『가즈 나이트』시리즈 이경영 작가의 미래형 판타지 신작!

Book Publishing CHUNGEORAM

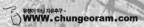

유행이 아닌 자유추구 -
WWW.chungeoram.com

아우스

마도 시대의 시작

FUSION FANTASTIC STORY

강준현 장편소설

여덟 번의 죽음을 겪었고, 아홉 번의 삶을 살았다.
그리고 열 번째,
난 노예 소년 아우스로 환생했다.

푸줏간집 아들, 고아, 불량배, 서커스단원, 남작의 시동 등…
아홉 번의 삶을 산 나는 참으로 운이 없었다.

나는 더 이상 과거의 내가 아니다!
내가 꿈꾸던 새로운 삶을 살 것이다!

Book Publishing CHUNGEORAM

유행이 아닌 자유추구 -
WWW.chungeoram.com

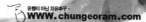